Sieben Nächte

ISBN 9 783 753 459 356

Coverdesign by A&K Buchcover
www.akbuchcover.de

Herstellung und Verlag: BoD -
Books on Demand, Norderstedt

Es war um neun Uhr schon ein heller und heißer Vormittag in einer immer wachen Kleinstadt. Die Sonne brannte vom blauen Himmel runter und machte den Leuten zu schaffen. Pro Tag kamen im Durchschnitt zehn Menschen mit Kreislaufproblemen ins Krankenhaus und mussten versorgt werden. Jedes Mal wiesen die Rettungskräfte auf den schützenden Schatten und auf eine ausreichende Flüssigkeitsaufnahme hin. Die Zeitungen schrieben über die Gefahren der Hitze und veröffentlichten passend dazu ein paar Lösungsvorschläge.

Den Millionär Bryan, der gerade seinen Nissan GTR neben dem Gehweg einparkte, interessierten diese Hitzeprobleme nicht.

Erstens lief seine Klimaanlage und zweitens hatte er eine Aufgabe vor sich liegen, die er sehr ernst nahm, obwohl es den Anschein machte, das Gegenteil wäre der Fall.

Der USB-Stick gab das Lied *Over the mountain* von Ozzy Osbourne wieder und Bryan sang im Auto dazu mit. Er trug einen feinen grauen und vor allem teuren Anzug mit einer grünen Krawatte. Seine schwarze Chaos-Look-Frisur passte mit dem Rest seiner äußerlichen Erscheinung nicht zusammen. Mitten im Lied fing er zu lachen an, »I-i-i-a-a-a!«, schlug die Hände zusammen und freute sich über die Welt. Durch diese Emotion, passten jetzt auch die Haare zu ihm.

Er stieg schließlich aus dem Auto aus, machte die Tür zu und blickte sich um. Gegenüber von ihm war ein Caféhaus, das er beobachtete. Zwei Mädchen betraten gerade kichernd das Lokal. Er holte sich eine Zigarettenschachtel (Golden Smart) aus seiner Innentasche des Anzugs und steckte sich eine Zigarette in den Mund. Diese entzündete er mit seinem Zippo-Feuerzeug, das er mit cooler Geste auf seiner grauen, ebenfalls immens teuren Hose mit einem flotten Vor- und Zurück-Trick öffnete. Er steckte die Zigarettenschachtel und das Zippo wieder ein, machte einen Zug von der Zigarette und schnippte diese anschließend auf den Gehsteig. Nach links und rechts blickend überquerte er die Straße mit einem zielgerichteten Blick auf das Café.

Im Caféhaus saßen die 22-jährige Miriam und ihre 23-jährige beste Freundin Lucy und warteten auf ihre Bestellung. Obwohl sie sich erst einen Monat kannten, beschwichtigten und bestätigten sie das Beste-Freundinnen-Gesülze voneinander.

Man sagte ja, dass sich Gegensätze anziehen würden … Nun, hier war es der Fall. Unterschiedlicher als die beiden, konnte man kaum sein. Sie waren wie Tag und Nacht oder Sonne und Mond.

Nicht nur vom Aussehen her – Miriam war eher schlank, Lucy mehr beleibter – sondern auch in ihren Eigenschaften. Miriam dachte vorher über Worte nach, die sie gleich aussprechen würde (es sei denn, sie war wütend). Lucy tat es einfach.

Lucy so nebenbei: »Hast du schon gehört, dass Sabine mit Michi jetzt fix zusammen ist?«

Miriam aufgeregt: »Was? Echt? Die kennen sich doch noch gar nicht so lange.«

»Ja, das ist es ja. Sabine braucht normal immer länger, dass sie zu einer Entscheidung kommt.«

»Wie lang kennen die sich?«

»Keine Ahnung. Einen Monat erst.«

»So wie wir, nicht?«

Lucy lächelte Miriam schelmisch an und zog zweimal schnell ihre Augenbrauen hoch.

Miriam bezirzend: »Ich bin so überglücklich, dass ich dich kennengelernt habe.«

Lucy mit einer abtuenden Handbewegung: »Oh, süß. Ich auch.« Dann beugte sie sich nach vor und sagte mit vergnügendem Ernst: »Mach mich nicht verlegen Miriam. Du weißt ja, dass ich Gefühle nicht mag.«

»Ich weiß meine kleine Lucy, chichichi. Solche seltenen Momente bei dir sollte man eigentlich filmen«, lachte Miriam.

Lucy rückte den Pfeffer und das Salz auf der Tischplatte zwischen sie.

»Das bin ich, das bist du.«

»Ich weiß. Zurück zu Sabine.«

»Jetzt hast du Angst vor Gefühlen.«

»Ich? Niemals. Also Sabine – wenn man gleich spürt, dass es passt, ist es ja in Ordnung, nicht? Dann fällt einem die Entscheidung ja ganz leicht.«

»Also ist es okay, dass die beiden schon nach einer Stunde des Kennen-
lernens in der Kiste waren.«

»Naja, irgendwie …«

»Bitch.«

»Richtig. Bitch.«

»Sie ist einfach eine Bitch.«

Sie kicherten.

Die Kellnerin Rosi brachte ihnen jeweils einen Kaffee, für Miriam zwei
leere Scheiben Vollkorntoast und für Lucy ein Croissant. Dazu Butter
und Marmelade.

Unbeirrt und mit einem aufrichtigen Lächeln sagte sie zu Lucy:
»Wow. Schöne Haarspange. Passt gut zu deinen schwarzen Haaren.«

Lucy etwas irritiert: »Äh. Danke.«

Miriam belustigt: »Ich glaube, dieser Moment gehört schon wieder gefilmt. Bist du verlegen?«

Lucy protestierend: »Ich doch nicht.«

Sie richtete ihren Blick wieder zu Kellnerin Rosi. »Ich dachte mir, ich
nehme heute mal die hellere. Das werde ich aber gleich überdenken,
wenn ich Lob bekomme. Die Welt soll düster sein.«

Lucy grinste. Miriam und Rosi kam ein Lacher aus.

Währenddessen sie redeten, ging immer wieder die Tür auf und sie beachteten nicht, wer hier ein- und ausging. Bryan hatte während des Ge-
sprächs Platz genommen und sich eine Tasse Kaffee von der zweiten Kellnerin Marge bestellt, die eigentlich als Köchin angestellt war. Wesentlich
älter als Rosi, befand sich ihr Autoritätsbereich eher in der Küche als
vorne bei den Kunden. Wenn Not am Mann war, stapfte sie widerwillig
aus ihrem Reich und half aus.

Als schließlich Rosi Bryan die schwarze Brühe brachte, deutete er ihr,
näher zu kommen. Sie zögerte kurz, dachte sich aber, dass er zumindest
gut und gepflegt aussah, falls er sie jetzt wild niederknutschen würde und
beugte sich zu ihm hinunter. Bryan hatte aber nicht Küsse im Sinn, sondern flüsterte ihr etwas zu.

Ein paar Augenblicke später bekam ein Geschäftsmann, der eifrig auf seinem *Apple*-Gerät in die Tasten klopfte, mit dem Rücken zu Rosi saß
und sie nicht kommen sah, heißen Kaffee über seinen Wall-Street-Anzug.

Er sprang wütend auf, drehte sich um, damit er die Wurzel allen Übels entlarvte und begann mit seinem Tobsuchtsanfall. Wie konnte es eine primitive Kellnerin wagen?

»Sie haben wohl nicht alle Tassen im Schrank, was?«

Rosi: »Ich bitte um Verzeihung. Ich bin gestolpert.«

Miriam und Lucy blickten sich verdutzt zum lauten Organ. Drei andere Gäste ebenso.

»Wo ist Ihr Vorgesetzter? Ich will mit Ihrem Chef sprechen. Nicht nur, dass dieser Schuppen hier schäbig und peinlich ist, sondern auch Sie!«

Rosi erschrocken über die rasche Erregung des Gastes, der vor einer Sekunde noch lammfromm ausgesehen hatte: »Können wir den Chef nicht aus der Sache lassen und uns irgendwie anders einigen?«

Der Schlipsträger ließ sich durch Rosis stotternde Worte nicht erweichen. Die anwesenden Gäste gierten alle wie sensationsgeile Geier hin.

»Sind Sie zum Kellnern sogar zu dämlich? Wofür sind Sie eigentlich geeignet?«

Der sonst so ruhigen, zuvorkommenden Miriam platzte der Kragen. In völliger Rage war sie, ohne dass sie ihrem Körper den Befehl gegeben hatte, aufgestanden und zu Rosi hingeeilt: »Lassen Sie sie in Ruhe, Sie arrogantes Schwein. Kann ja mal passieren!« Sie bückte sich zu Rosi hinunter und half ihr beim Zusammenwischen.

Unterstützende Worte von Lucy folgten, die sich ebenfalls zur tyrannisierten Kellnerin kniete: »Ja, verschwinde! Krawatten-Arschloch!«

Der Geschäftsmann weitete bei den Worten seine Augen und brachte es fertig, mit dem Zeigefinger auf alle drei Personen gleichzeitig zu zeigen.

»Unerhört! Das wird ein Nachspiel haben.«

Da kam der Chef des Kaffeehauses. Ein klischeehafter fetter Mensch mit halb angeschissener Schürze und Stoppeln im Gesicht. Fettige schwarze Haare zierten einzeln verstreut sein Haupt.

Mit einem Mundgeruch von einer Meter Entfernung riechend, sprach er die folgenden Worte aus: »Rosi, du kannst deine Sachen packen. Ich will dich hier nicht mehr sehen. Marge wird ab jetzt deinen Teil mitmachen. Entschuldigen Sie, Sir. Kann ich das mit einem Gutschein von einem Frühstück wiedergutmachen?«, fragte er eklig nach und verlor dabei einige Speicheltropfen, die auf der Krawatte des Mannes landeten.

In den kalten grünen Augen des Geschäftsmannes waren alle, die hier arbeiteten oder Kunden waren, bis auf ihn, eine niedere Rasse. Er war das erste Mal und auch bestimmt das letzte Mal hier. Aus einem anderen Grund als sonst hatte er sich heute für dieses Lokal entschieden.

Er beachtete die Worte des schmierigen dicken Mannes erst gar nicht und äffte in Richtung Rosi: »Haben Sie Ihren Chef verstanden? Die Sachen packen, blöde Nutte!«

Bevor es zum Wortangriff der Mädels kam, wurde der Geschäftsmann bei der Schulter gepackt, unsanft umgedreht und bekam statt der bösen Worte, die an ihm abgeprallt wären wie Wassertropfen an einem Regenschirm, eine Belehrung, die er nicht mit seinem Hirn abwehren konnte. Der heftige Schlag auf die Nase mit der Faust, den Bryan austeilte, ließ auch den Zuhörern das Gesicht verziehen, als ein komischer Knacks zu hören war. Die Mädels hatten erstaunt den Mund offen. Die übrigen Gäste brachten ebenfalls kein Wort hervor.

Der Schlipsträger war einige Schritte zurückgetaumelt und dann zu Boden gegangen, wo er sich jetzt am Rücken hin und her wälzte und sich seine blutende Nase hielt.

Bryan blickte positiv gestimmt zum Chef des Lokals.

»Willst du vielleicht auch eine haben?«

Der dicke Besitzer des Caféhauses blickte vom Opfer am Boden zu Bryan. Einige Sekunden verstrichen, als er sich wieder besann und hervorbrachte: »Verschwinden Sie jetzt mit Ihren Mädchen, bevor ich die Polizei rufe.«

Seine Stimme klang wieder selbstbewusst und er knurrte fast dabei.

Bryan lächelte ihn an. »Sehr wohl, Herr Küchenchef.«

Als Rosi ihre Handtasche aus dem Umkleideraum geholte hatte und bei ihrem Ex-Chef vorbeiging, konnte sie die zynischen Worte nicht zurückhalten, die ihr schon länger am Herzen lagen: »Jetzt wo ich nicht mehr da bin, kannst du in Ruhe Marge am Herd von hinten ficken. Deine Frau wird eine Nachricht von mir bekommen, du fettes Arschloch!«

Der dicke Chef war kein Mann zimperlicher Worte: »Elende Schlampe!«

Einige Kunden straften den Besitzer mit wütenden Blicken, standen auf und waren wie der Geschäftsmann das letzte Mal hier.

Draußen vor dem Lokal ging Bryan einige Schritte voran, um Abstand zum Caféhaus zu gewinnen und zündete sich wieder eine Zigarette an. Es dürfte in der Zwischenzeit noch heißer geworden sein. Trotzdem eilten die Menschen am Gehweg schleunigst herum und versuchten ihre To-Do-Listen abzuhaken. Die Klimaanlage im Café, die gerade noch kühlenden Trost spendete, war für den Körper schon längst vergessen. Die Schwüle versuchte aus jeder Pore des Körpers eine Schweißperle zu quetschen.

Obwohl Bryan seinen Anzug nicht auszog und über die Schulter schwang, so wie alle Super-Bürohengste, schwitzte er kaum. Manche hätte das fraglich gestimmt. Ihm machte die Hitze nichts aus. Nicht nur wegen seiner schönen Bräune am ganzen Körper und im Gesicht, sondern einfach, weil er anderes gewohnt war.

Die Mädchen, die hinter Bryan gingen, zogen in der Sonne mit ihrer hellen Haut sofort Farbe auf und bekamen leichte Wallungen.

Miriam versuchte ihr Mitgefühl auszudrücken: »Tut uns leid, dass du deinen Job verloren hast.«

Lucy mit Kraft in der Stimme: »Männer sind einfach nur Arschlöcher.«

Rosi antwortete flach und gar nicht mal so mitgenommen: »Macht nichts. Ich hatte den Job noch nicht lange. Außerdem war das Absicht.«

Verwundert kam es von Miriam zurück: »Was? Wieso?«

Bei den Worten schnippte Bryan seine Zigarette auf die Fahrbahn. Er kramte in seiner Hosentasche die Geldbörse heraus, nahm ein paar 100-Dollar-Scheine in die Hand, drehte sich zu seinen weiblichen Begleiterinnen um und streckte Rosi das Geld entgegen.

»Hier. Wette gewonnen.«

Er lachte in sich hinein, weil die Geldbörse mehr wert war, als das Bündel Scheine, das er ihr reichte.

Rosi nahm das Geld dankend an: »Vielen Dank. Und als sie sagten, dass da noch mehr für mich drin wäre? Immerhin habe ich jetzt keinen Job mehr ...«

Bryan: »Du hast viel riskiert und das gefällt mir. Was ich sage, hat Hand und Fuß. Ich bin ein Mann, der sein Wort hält.«

Lucy herabwürdigend: »Da wären Sie aber der Erste.«

Bryan strahlte sie mit seinem perfekt glatt rasierten Gesicht an und begann wieder in seiner Geldbörse herumzukramen, fing seine Karte raus und überreichte sie feierlich Rosi weiter.

Er informierte: »Die ist aus Elfenbein mit echtem Goldschriftzug.«

Ratlose Gesichter der Mädchen. »Aha«, kam es von Rosi.

»Egal. Ich veranstalte heute um 18 Uhr eine Party. Sei dort und du erfährst einiges mehr. « Er fuchtelte mit dem Finger auf und ab.

Miriam und Lucy starrten wie verwirrte Kinder auf die beiden. Als sich Bryan ihnen zuwandte, merkten sie selbst, dass ihre Kinnladen weit offen waren und schlossen diese.

»Eure Zivilcourage hat mich beeindruckt. Ich würde mich freuen, wenn ihr auch auf meine Party kommt«, sprach er lehrreich und verständlich.

Misstrauisch kam es von Lucy: »Und was ist da für *uns* drin?«

Miriam hätte Lucy am liebsten ermahnt, das man nicht so fordernd auf fremde Personen eingehen konnte, doch sie tat es nicht, da ihre Neugier ebenfalls zu groß war. Es war die beste Methode, an Infos zu kommen, wenn man ohne Umwege direkt fragte.

Ein lachender Bryan antwortete: »Wenn ihr mitmacht, bleibt sicher einiges für euch über.«

»Sie sind doch nicht so ein Perverser, oder?«

Jetzt kam es von Miriam ermahnend: »Lucy!«

»Was? Darf man doch wohl noch fragen!?!«

Miriam, Lucy und Rosi musterten ihn anschließend fragend und versuchten eine Lüge in seinen Augen zu erkennen.

Bryan ganz fröhlich, wie wenn er ohne Sünde wäre: »Kommt auf meine Party und findet es heraus. Ihr könnt jederzeit wieder gehen, wenn es euch nicht gefällt. Meine Türen stehen euch aber nur einmal offen.«

Miriam und Lucy bekamen ebenfalls seine Super-Visitenkarte überreicht. Nach dieser Tat und diesen Worten drehte er sich um, blickte auffallend stark nach links und rechts, wie ein braver Volksschüler, der jeden Tag von seiner Mutter den Spruch hören musste – *Immer links und rechts schauen, bevor du über die Straße gehst!* – und überquerte die Straße zu seinem Rennwagen.

Miriam, Lucy und Rosi blickten ihm nach und dann auf seine Karte.

Rosi schaudernd: »Oh mein Gott. Wisst ihr, wo das ist?«

»Keine Ahnung«, kam es stirnrunzelnd von Lucy. Miriam ebenfalls mit fragendem Blick: »Ich weiß nicht. Du?«

»Klar. Das ist die Adresse vom Schloss, außerhalb der Stadt.«

Bryan fuhr in diesem Moment mit aufheulendem Motor und quietschenden Reifen davon. Das Heck brach ihm kurz weg, was sehr abenteuerlich und wild aussah. Ein Autofahrer musste sich wegen ihm einbremsen und hupte, was so viel Wirkung zeigte, wie wenn man ein Lagerfeuer unter Wasser machen wollte.

Die jungen Frauen sahen ihm verblüfft nach.

Es benötigt viele Stunden Training pro Tag, wenn man vor Publikum einen Tiger durch einen brennenden Reifen springen lassen wollte. Von klein auf muss der Tiger betreut, behütet, trainiert und gefüttert werden. Keine leichte Aufgabe.

Philipp stand kurz vor seinem 29. Geburtstag und war von schlaksigem Körperbau, aber muskulöser, als es den Anschein hatte. Er war ein Mensch, der das Training und das Risiko in Kauf nahm. Alice hieß die ihm zugeteilte Tigerdame.

Als kleine Babykatze wurde sie anfangs höchstpersönlich vom Direktor trainiert. Später kam sie zu Philipp. Die beiden gaben ein gutes und eingespieltes Paar ab. Beide arbeiteten fleißig und loyal für das Publikum, das den Zirkus besuchte. Nichts lieber würde Philipp sonst tun. Hier war sein Herz zuhause. Die Kollegen, die Tiere, das Publikum, der ganze Zirkus waren sein Leben.

Ein kräftiger Schicksalsschlag hatte ihn vor ein paar Monaten zusammenbrechen lassen. Seitdem war er trübsinnig, dachte oft einsam und alleine in dunklen Ecken über das Geschehene nach und verlor manchmal die Konzentration in der Manege, was tödlich enden konnte, wenn man mit Raubkatzen arbeitete.

Der Zirkusdirektor und die anderen machten sich Sorgen um ihn. Auch sie hatte das Schicksal von Philipp betroffen. Den Jungen zwar persönlicher, doch war es ebenso für die Crew ein herber Rückschlag:

Philipps Bruder Elijah (Ringturner und Trapezkünstler) wurde nach der letzten Vorstellung in der Stadt Rasarus-City nie wieder gesehen.

Einige Tage nach dem Verschwinden seines Bruders, wo Philipp am Tiefpunkt seiner seelischen Zerstörung war, hatte er die Mimik seines Tigers in der Vorstellung nicht genug beachtet, als diese ihre Ohren anlegte und bei dem Kommando, von einem zum anderen Podest zu springen, Widerwillen zeigte.

Schuld waren die halbherzigen Befehle, die vom Trainer kamen. Gedankenversunken versuchte er seit diesem besagten Tag immer alles schnell hinter sich zu bringen. Leider brachte er sich damit in Gefahr.

Tiefe Töne kamen aus dem Bauch des Tigers. Philipp beherrschte seine Aktionen aus dem Stehgreif und ihm kam gar nicht in den Sinn, dass etwas nicht passte. Noch nie, war etwas Derartiges passiert, während einer Vorstellung.

Sein älterer Bruder und damit sein größtes Vorbild war spurlos verschwunden. Ohne einer Spur, ohne einer Nachricht!

Wo bist du? Warum? Hat dich was bedrückt? Hab ich was übersehen?
Diese Sätze schwirrten in Philipps Kopf jeden Tag hin und her.

Der Zirkusdirektor, der Philipp seitdem intensiv beobachtete, weil er eine Konzentrationsschwäche voraussah oder fast schon feststellte, ließ einen Helfer eingreifen, der den Tiger Alice mit Fleisch ablenkte. Das Publikum bekam davon nichts mit. Schien alles dazuzugehören. Philipp war durch den Eingriff seines Kollegen wieder zu sich gekommen und konnte die restliche Attraktion ohne weiterer Fehler hinter sich bringen. Anschließend wurde Philipp für zwei Wochen aus der Show genommen. Er hatte es nicht verstanden und begann einen Streit mit dem Direktor.

»Ich habe alles unter Kontrolle!«, hatte er ihn angeschrien. Der Wutausbruch hatte keine Konsequenzen für ihn, da der Direktor sich auf keinen Streit einließ und um seine Situation wusste.

Erst später hatte Philipp es eingesehen und sich dafür entschuldigt. Der Direktor entschuldigte sich ebenfalls für seine Fahrlässigkeit mit der Situation nicht umgangsgerecht umgegangen zu sein.

Philipp hätte mit seinem Können, seiner unbrechbaren Disziplin und seinem eisernen Willen, zu den besten Dompteuren der Welt gehören können. Er hatte mal das Angebot in einen größeren ansehnlicheren Zirkus zu wechseln bekommen, schlug es aber aus. Es hätte mehr Ruhm und mehr Geld für ihn gegeben. Doch stattdessen sagte er bescheiden ab und wollte bei seinem Heimatzirkus mit den Kollegenfreunden, die schon Familie für ihn waren, bleiben.

Auch sein Bruder wurde als Ring- und Trapezkünstler zu einer echten angesehenen Größe und Hauptattraktion im Zirkus.

Jeder mochte die Brüder!

Man wusste, dass sie niemals ein schlechtes Wort über einen verlieren würden und dass sie dem (Heimat-)Zirkus Treue schworen.

Der Direktor war ein ehrgeiziger, aber diplomatischer Mann. Seine grauen Haare ließen vermuten, dass er bereits in Pension gehen konnte, doch das war noch zehn Jahre zu früh. Das Zirkusleben war hart und forderte täglich Tribute, was vor allem auf der Stirn, Stichwort Sorgenfalten, zu erkennen war. Viele wichtige Entscheidungen mussten gefällt werden, die sich manchmal allesamt als schwierig entpuppten.

Trotzdem konnte man ihm jedes Problem anvertrauen. Keine Last war ihm zu groß. So schien es …

Der Tiger sprang durch den brennenden Reifen. Unversehrt kam er leichtfüßig auf der anderen Seite wieder auf. Alice gehörte zu den Sumatratigern, die »nur« ein Gewicht von 90 Kilogramm erreichen konnten (zumindest galt das für Weibchen – die Männchen lagen mit 120 Kilogramm darüber).

Des Sumatratigers Artgenosse, der Sibirische Tiger, erreichte bis zu 250 Kilogramm. Sein Fell war im Gegenzug kontrastreicher, während das des Sibirischen Tigers eher ausgeblichen wirkte.

Die Manege tobte und applaudierte.

Philipp schickte seine gestreifte Freundin in den vergitterten Gang zurück, die in ihre Box führte. Als der Tiger an ihm vorbeihuschte, betrachtete Philipp, während er sich ein paar Mal in alle Richtungen verbeugte, ihr eingerissenes Ohr. Es war ihr Nummer-Eins-Merkmal. Die Verletzung stammte vom vorigen Dompteur, der unfähig war mit den großen Katzen umzugehen. Er wurde handgreiflich gegen die Tigerkatze. Aufgrund dessen wurde er vom Zirkus entlassen.

Philipp schmunzelte in sich hinein, als sich Alice im Gittergang nach ihrem Trainer umdrehte und mit dem schelmischen Hauskatzenblick fragte, warum er nicht mitkäme.

Als er die Manege verließ und ein Clown jetzt statt ihm übernahm, damit man die Zeit bis zur nächsten Attraktion überbrückte, war er doch jedes Mal froh, dass er von der Hitze des Rampenlichts wieder nach draußen kam, obwohl da gerade die erbarmungslose Nachmittagssonne mit noch mehr Graden lauerte. Der Clown mit seinem weißen Gesicht, roten Wangen und der roten Nase, stolperte durch die Manege und versuchte sich an einer Trompete, die keinen Ton von sich geben wollte. Dem Publikum gefiel die Darbietung und sie lechzten nach mehr.

Bevor Philipp jedoch das Zirkuszelt komplett verließ und in seinem Wagon, der über das ganze Jahr sein Zuhause war, zum Kühlschrank gehen konnte, kam ihm seine Kollegin und Ex-Freundin Evelyn entgegen. Sie war kein typisches Mädchen, das eine Familientradition fortführen musste, sondern eine begabte Straßenkünstlerin, die durch ihre Messerwürfe mit einer fast tadellosen Trefferquote, Eindruck beim vorbeispazierenden Direktor gemacht hatte. Dieser bot ihr dann vor drei Jahren den Job an, denn sie bis heute durch ihre Bejahung nicht bereut hatte.

»Hat dir die Vorstellung gefallen?«

Evelyn gestresst: »Hab heute nicht zugesehen. Hier. Da hat so ein Typ eine Karte für dich abgegeben. Scheint eine Einladung zu sein. Siehst du? Datum und Uhrzeit sind mit Hand darauf geschrieben worden. Und das Datum wäre heute. Hinten steht *Party.*«

Philipp nahm die Karte mit fragendem Blick in die Hand und wischte sich seinen Schweiß mit dem Ärmel von der Stirn weg. Evelyn machte aber keine Anstalten stehen zu bleiben. »Ich muss weiter. Sorry. Ich bin die übernächste.«

Philipp schrie ihr nach: »Wie hat der Typ ausgesehen?«

Evelyn drehte nur ihren Kopf zur Seite, damit die Worte im Zirkuslärm nicht verloren gingen: »So ein Krawattentyp war das. Ich muss wirklich gehen. Wir können nachher quatschen, wenn du magst.«

Nach dem Verschwinden von Elijah war der Großteil des Zirkus' mitsamt Evelyn der Meinung, er wäre aus dem Leben als Nomade und Zigeuner getürmt. Philipp bestritt jedes Mal diese Tatsache.

Er hätte was zu mir gesagt! So ist er nicht! Wieso sollte er das tun?

Diese Worte hatte er immer wieder hervorgeholt und konnte es selbst nicht glauben.

Wir kannten Elijah von klein auf, aber in den Kopf eines Menschen kann man nicht sehen. Diese Worte kamen meist vom Direktor. Vielleicht nicht tröstend, aber wahr.

Diese Meinungsverschiedenheit und die Besessenheit von Philipp, dass er sich nochmals meldete, machten die Beziehung kaputt und ihn zum Einzelgänger. Ein buntes, selbst gemachtes Freundschaftsarmband von Evelyn erinnerte noch an die gemeinsame intime Zeit.

Es war eine lange Zeit, in der er keinen Kontakt suchte. Die Vorstellung mit den applaudierenden Menschen und vor allem der Tiger gaben ihm die Kraft zurück. Nach und nach vertraute er sich dem Direktor und seinen Kollegen wieder an. Auch mit Evelyn konnte er reden.

Doch das Thema Elijah war trotzdem sehr heikel für alle. Seine positiven Gedanken, dass er eines Tages herausfand, was tatsächlich passiert war, hielten ihn ebenfalls vor dem schwarzen Schlund der Depression auf. Er hatte damals keine Anhaltspunkte, nach denen er hätte suchen können. Auch kein Abschiedsbrief. Er war einfach so nicht mehr da gewesen. Spurlos verschwunden. Nichts …

Bis heute, was er aber noch nicht wusste.

Philipp stand außerhalb des Zeltes, blickte auf seine Armbanduhr, dann wieder auf die Karte und dann in Richtung des Schlosses, das irgendwo in dieser Blickrichtung im Wald verborgen lag.

Wer würde Philipp auf eine Party in ein Schloss einladen wollen?

Der Unterricht in der Schule war zu Ende. Doch die Freude darüber war nicht der Grund, warum die Haupteingangstür so hastig aufgestoßen wurde.

Niklas rannte so schnell ihn seine kurzen Beine tragen konnten die Stiegen hinunter, die zu einem langen Gehweg führten. Er hörte die Tür abermals gegen die Wand schlagen, die anscheinend noch kräftiger aufgestoßen wurde als von ihm. Kein Wunder bei den kräftigen Hünen, die hinter ihm her waren.

Am Ende des Gehweges wählte er anschließend die Strecke in Richtung seines Hauses. Gestern hatte er es zum Park versucht, doch da hatten sie ihn früh eingeholt. Wahrscheinlich weil er das Geschichtsbuch und das Biologiebuch im Rucksack mithatte, die unglaublich schwer waren. Heute war er leichter bestückt. Keine Bücher, nur Schnellhefter mit wichtigen Zetteln und einem Kugelschreiber darin, da er ein Federpennal das letzte Mal in der Volksschule hatte. Erste Klasse Mittelschule wurde es ihm geklaut und in den Gully geworfen.

Die beiden berüchtigten und oft verwarnten Schulschläger hatten Erfahrung und Training im Nachlaufen. Sie konnten mit jeder Wahl des Weges umgehen. Überall gab es Ecken, Nischen und Möglichkeiten, um einem das Leben so schwer wie möglich zu machen. Außerdem hatten Lukas und Momo längere Beine, waren älter, stärker, größer und trotz ihrer beleibten Hüften einfach immer etwas schneller. Fassten sie Niklas nicht auf den ersten zweihundert Metern war die Jagd erfolglos. Da ließ die Kondition nach und sie bekamen Seitenstechen. Der nächste Schultag war dann dafür immer schlimmer für das Opfer, das am Vortag entkam.

Jede Pause, jeden Tag gab es eine andere kleine Tyrannei. Verblüffend, dass sie im Zeichen- und Kunstunterricht nicht so kreativ waren, wie beim Verheimlichen der Ausübung von seelischen Grausamkeiten an anderen Mitschülern.

Lukas und Momo stammten aus schwierigen Familienverhältnissen. Es war aber nicht die typische Geschichte von: Vater war Alkoholiker und die Mutter war zu labil.

Nein.

Sondern die andere typische Geschichte: Die Väter waren Workaholics und nie da. Die Mütter lebten in der Welt von Chardonnay und Kristallen und versuchten die pubertierenden Jungs mit lascher Disziplin etwas entgegenzusetzen, was aber nichts brachte. Einmal in der Woche wurden die Söhne von der Polizei heimgebracht.

Niklas' Herz stach. Er kam leider nicht früh genug vom Unterricht hinaus, da noch jemand eine Frage an die Lehrerin hatte. Während der Beantwortung der Lehrkraft läutete es und Niklas wusste, dass es knapp werden würde. Lukas und Momo waren beim Eintreffen in die Stunde niemals pünktlich, umso mehr beim Verlassen des Klassenraumes. Kein Nachsitzen, keine Verwarnung oder Einladung der Eltern konnte diese beiden aufhalten. Alle Bestrafungsversuche der Lehrer waren erfolglos.

Es war so weit …

Lukas fasste die Schultasche von Niklas und riss ihn unsanft zurück, sodass er auf dem Asphalt des Gehweges liegen blieb. Nicht weit, aber doch zu weit von Lehrkräften entfernt, die ihm vielleicht noch zu Hilfe eilen konnten, spielten sich die Szenen ab. Mit der desaströsen Entfernung hatte sich Niklas selbst ins Knie geschossen.

Keuchend beugte sich Lukas über das Opfer und packte es am Shirt. Niklas hielt sich schützend die Hände vor das Gesicht, falls er auf die Idee kam, ihm einen Schlag auf die Nase zu verpassen.

»Wo ist unser Schutzgeld du – *keuch* – du kleine Kröte? Hast – *keuch* – schon wieder nichts mit?«

Nach den zwei Fragen musste er extra viel nachkeuchen, um wieder zu Luft zu gelangen. Nicht weniger keuchend kam Momo endlich bei den beiden an. Im Gegensatz zu Lukas hatte Momo viel weniger Muskelmasse, war aber trotz seiner Fettleibigkeit kräftiger als er. Die Gene waren für diese Tatsache verantwortlich.

»Wo – *keuch* – wohin des Weges – *keuch* – du Lauch?«

Niklas schrie: »Lasst mich in Ruhe!«

Lukas imitierte ihn: »Buhu! Lasst mich in Ruhe!«

Momo grunzte. Lukas nahm einen Träger der Schultasche und befreite Niklas von seinem Rucksack. Gleich über den nächsten Gartenzaun, der keinen Meter entfernt war, flog sie darüber.

Ein aggressiver Schäferhund, der in seiner Hundehütte schlief, bemerkte die Turbulenzen und die Sachlage im Garten. Sofort stürzte er sich zähnefletschend auf den Rucksack und verstreute nach links und rechts beutelnd den ganzen Inhalt im Garten.

Normalerweise machten alle Schüler einen großen Bogen um den Gartenzaun oder wechselten sogar die Straßenseite, um nur nicht dem Hund in Erinnerung zu bleiben. Auch machte ihnen der mickrig niedere und mit alten Brettern halbherzig gebaute Zaun Bedenken. (Vermutlich von einem Bürohengst gebaut, der Handwerker spielte.)

Der 40-Kilo-Bulle, der im vorigen Leben wahrscheinlich wirklich ein Stier oder Ähnliches war, hätte im Wutrausch vermutlich durch den Zaun spazieren können. Das hieß, ihn hielt nur die eigene Faulheit von einem Sprung oder dem Spaziergang ab.

Die erschrockenen Gesichter zeigten, dass sie alle im Eifer ihrer Flucht/Jagd den Hund vergessen hatten. Immer wieder verschaffte sich der Vierbeiner bleibenden Eindruck.

Momo, ohne seine Augen vom Ungetüm abzuwenden: »Sollen wir ihn dazu schmeißen?«

Lukas nickte mit dem Kopf: »Ja. Das wäre mal was anderes, als ihn immer nur in die Mülltonnen zu stecken. Da fühlt er sich wahrscheinlich schon zu Hause.«

Momo grunzte wieder. Beide blickten jetzt zu Niklas hinunter, der jetzt laut um Hilfe schrie. Lukas boxte für vorübergehende Stille in den Bauch des hilflosen Kontrahenten. Dann packte er ihn bei den Armen, Momo bei den Füßen. Sie zerrten ihn gefährlich nahe zum Gartenzaun hin. Niklas strampelte und verrenkte sich, denn dieses Mal fürchtete er mit Garantie ein Ableben. Nach dem Fall auf die andere Seite könnte er sich bestimmt nicht so schnell aufrichten und dem Hund davonlaufen. Er wüsste gar nicht wohin. Der Hund bellte so aggressiv, als würde ihm jemand heißes Eisen auf den Körper halten. Laut, zähnefletschend und sabbernd machte es den Anschein, als wollte er ihnen stolz blutige Überreste einer Leiche zeigen, die er selbst erlegt hatte, als er kurz von den Schulsachen abließ.

Niklas schrie lauter, da er hoffte, dass der Besitzer daheim wäre und ihm half. Oder der Nachbar! Oder irgendjemand!

Seine zappelnden Bewegungen hatten bei den beiden kräftigen Halbaffen keinen Sinn. Viel zu eisern hielten sie ihn fest.

Seine vielleicht 50 Kilo wurden locker in die Höhe gehoben. Wie einen Sack begannen die beiden ihn vor und zurück zu schwingen.

Momo keuchte: »Auf drei!«

»Eins, Zwei …«

Niklas schrie.

Genau beim Anzählen der »Zwei« blieb ein Sportwagen mit quietschenden Reifen neben ihnen stehen. Abgelenkt ließ der Schwung nach und Niklas konnte sich mit einem verzweifelten letzten Ruck aus den Klauen retten. Wieder fiel er auf den Boden. Irritiert stellte Lukas gleich seinen Fuß auf seine Brust, um das Opfer weiter im Griff zu haben, während er wütend wartete, ob der plötzliche Besuch Ärger bringen könnte.

Die Tür des Sportwagens ging auf. Heraus trat niemand geringerer als Bryan, der ein unbekanntes Gesicht für alle drei war. Ein Grinsen zeichnete sich ab. Lukas bekam eine Zornfalte auf der Stirn. Momo schnaubte. Niklas, der den Kopf gehoben hatte, um seine Rettung zu erspähen, war ihm dankbar, dass sich seine Hinrichtung verzögerte oder vielleicht auflöste. Erschöpft legte er seinen Kopf wieder zurück auf den Asphalt.

Lukas zu Momo: »Wer ist denn das?«

Momo: »Schaut aus wie ein *Bruce Wayne*.«

Lukas verärgert zu Niklas: »Ist das dein beschissener Daddy?«

Momo verblüfft zu Lukas: »So reich sind die?«

Dieser schnauzte zu seinem Schlägerkumpanen zurück: »Keine Ahnung. Woher soll ich das wissen?«

Niklas versuchte wieder eine Rechtfertigung: »Nein. Das ist nicht mein Daddy.«

Momo: »Schnauze!«

Bryan kam auf die drei Jungs zu und zündete sich seine berühmte Zigarette an. Er deutete auf Niklas und startete eine Konversation (nach dem ersten Ausblasen des blauen Dunstes, der für viele Menschen aus ihrem Leben nicht mehr wegzudenken war) mit ihnen.

Er sprach in ruhiger Tonlage: »Was hat er euch getan?«

Momo: »Was geht dich das an? Willst du eine Tracht Prügel?«

Lukas: »Er hat sein Schutzgeld nicht bezahlt. Und wenn du nicht sein Daddy bist oder ein beschissener Verwandter kannst du dich gleich wieder verpissen!«

Bryan weiter ruhig, während hinter ihnen das Geräusch des Hundes tobte, der wieder mit den Unterlagen von Niklas beschäftig war, obwohl diese schon in winzige Pixel zerlegt waren:

»Sein Schutzgeld, damit ihr ihn in Ruhe lasst?«

Lukas: »Nein. Damit wir ihn vor den anderen Schlägern in Schutz nehmen.«

»Ihr beschützt mich überhaupt nicht«, kam es aufgebracht vom Opfer am Boden. »Letzte Woche haben mich die Siebtklässler verprügelt.«

Bryan schnippte die zum Drittel gerauchte Zigarette weg und begann mit einer hochgezogenen Augenbraue: »Aha. Was sagt ihr dazu? Das klingt nach einem schlampigen Job.«

Momo blickte der Zigarette nach und überlegte kurz, ob er sich den Glimmstängel holen sollte. Bryan entging dieser flüchtige Blick nicht.

Wieder fest entschlossen, sich der Droge zu entsagen, kam es von Momo: »Das geht dich einen Scheiß an!«

»Davon haben wir nichts gewusst. Da waren wir im Unterricht. Außerdem ist er mit seinen Schulden im Rückstand«, kam es protestierend von Lukas.

Bryan sah Niklas mit einem vorwurfsvollen Gesicht an. »So jung und du hast schon Schulden?«

»ICH HABE KEINE SCHULDEN!«

Momo: »Halt die Fresse!«

Er bückte sich zu Niklas hinunter und wollte ihm gerade eine schmieren, als Bryan näher trat und mit lauter fester Stimme sagte: »HALT. Ich bezahle seine Schulden. Wie viel?«

Momo hielt sich zurück. Lukas' Hirn ratterte auf Hochtouren. Er brauchte jetzt eine Summe. Nicht zu hoch und nicht zu wenig.

Der Schäferhund war mit dem Zurichten der Schultasche und der Bücher fertig und hatte sich an den Rand des Gartenzaunes positioniert, um keine Aktion zu verpassen. Gierig nach allem rann ihm der Sabber aus dem offenen Maul. Sein Immunsystem und seine Zunge arbeiteten heftig gegen die Überhitzung seines Körpers an.

Mit den drei Schritten, die Bryan näher an die Jungen herangetreten war, konnten diese bereits sein sündhaft teures Le-Fenix-Parfüm riechen. »Also? Wie viel?«

Die Antwort kam erst ein paar Sekunden später von Lukas: »Zweihundert Dollar.«

»So wenig? Okay. Dann ist alles beglichen?«

Momo: »Und die Armbanduhr dazu.« Er fuchtelte auf sein Handgelenk.

Bryan: »Meine Uhr? Wie viel muss er euch geben? Rechnet ihr wöchentlich oder monatlich ab? Wusste gar nicht, dass euer Debitor schon so tief in der Patsche sitzt.«

Momo blickte verwirrt zu Lukas, der mit den vielen Fragen und Worten ebenso wenig anfangen konnte wie er. Bryan nutzte die kurze Stille: »Ich mache euch einen Vorschlag. Ich gebe euch jetzt tausend Dollar und ihr lasst euren Schützling das restliche Schuljahr lang zufrieden. Zusätzlich möchte ich, dass ihr alle drei heute auf meine Party kommt. Beginn ist 18 Uhr. Hier habt ihr meine Karte. Da steht meine Adresse drauf. Beachtet den goldenen Schriftzug.«

Der letzte Satz kam mit Stolz. Er lächelte in die Runde. Wirre Gesichter nahmen verstört die Karte entgegen. Viel zu viele Informationen für jeden von ihnen.

Lukas und Momo bekamen zusätzlich zur Karte jeder fünfhundert Dollar auf die Hand, die sie mit gierigen Augen und natürlich lang werdenden Fingern umschlangen.

»Auf meiner Party gibt's noch mehr davon.«

»Gibt's da auch Alkohol?«

»Selbstverständlich«, lächelte der Millionär.

Nach dieser letzten Unsicherheit gingen Lukas und Momo mit irritiertem Blick davon. Niklas fiel ein Stein vom Herzen. Für heute war die Erniedrigung vorbei.

Nun bückte sich Bryan zu Niklas runter und reichte ihm die Hand.

»Kommst du auch auf meine Party?«

»Ich bin auch eingeladen? Ähm. Naja. Eher nicht. Das erlauben mir meine Eltern nicht und zweitens kommen die beiden Achtklässler auch dorthin.« Er hatte Tränen in den Augen, versuchte diese aber zu vertuschen.

Bryan strahlte Mitgefühl aus. Seine Stimmlage tat den Rest dazu.

»Wie heißt du?«

»Niklas.«

Bryan half ihm hoch und Niklas putzte sich seine dreckige Hose ab. Dann blickte er über den Zaun zum Hund und den Fetzen, die mal seine Schultasche und seine Bücher gewesen waren. Bryan sah ebenfalls zum Vierbeiner. »Des Menschen bester Freund? Ich glaube, der nicht.«

Niklas kam ein kurzer leichter Lacher aus. Dann kamen die täglichen Gedanken wieder, woher er sich eine neue Schultasche besorgen und vor allem wie er sich gegen die beiden Raubritter weiter zur Wehr setzen konnte. Getötet hatte er sie in Gedanken schon auf die kreativste Art und Weise. Ein flotter Spruch und einen Schuss in den Kopf. Unter Wasser halten, bis ihnen die Luft ausging. Erdrosseln und so weiter. Im Kopf war er selbst ein Held, muskelbepackt und ein echter Draufgänger bei den Mädchen.

Nach seinem Superhelden-Auftritt im Kopf versuchte er über reale Konfliktlösungen nachzudenken. Fehltage durch Schule schwänzen oder den Eltern Bettlägerigkeit vorzutäuschen funktionierten zwar eine Weile, leider nicht auf Dauer. Auch kam das Schule wechseln nicht in Frage. Eine Anzeige bei der Polizei würde die beiden nicht bremsen … Hatte man in der Vergangenheit bereits versucht.

Die Lehrer und der Direktor waren nutzlos. Hoffentlich bekamen sie nicht Gefallen daran, die Schultasche jeden Tag dem Hund zum Fraß vorzuwerfen und vor allem nicht ihn selbst.

Bryan riss ihn aus seinen Gedanken: »Hey, Niklas. Du bist doch schon ein schlauer Junge, oder? Du weißt, dass sich alle Sorgen mit Geld lösen können. ALLE.«

Niklas blickte kurz zum Sportwagen, dann wieder zu Bryan. Nicht nur, dass seine klaren Worte und seine Stimme zur Manipulation fast jeder Person beitrugen, sondern auch sein Super-Anzug, der kein Haar und keine Unreinheit aufwies, sein makellos glänzender Nissan GTR und seine seltsam glänzenden schwarzen Haare.

»Ähm. Ja. Glaub schon.«

Bryan hatte einen Gesichtsausdruck wie der lächelnde Teufel höchstpersönlich.

»Nicht nur glauben. Das ist so. Rede es dir ein! Ich-bin-intelligent! Habe ein Mantra! Ich erzähle dir, was wir auf der Party spielen werden und was für einen Gewinn du dabei abstauben kannst. Dann hättest du einen Vorteil gegenüber allen anderen. Ist das nicht cool?«

Er wippte lässig mit dem Kopf vor und zurück, als wäre er Mitglied einer Dorfjugend und müsste jemanden zum Beitritt mit billigen Tricks bewegen. Knapp über vierzig Jahre alt, die er war, konnte man aber leider nicht mehr dazugehören.

»Wie viele Leute kommen denn da hin?«, kam es zögernd zurück.

»Nur nicht so schüchtern. Das ist unwichtig. Fünf bis zehn Leute vielleicht. Ist aber wirklich völlig uninteressant. Ich sage dir ein paar Details und du hast schon einen Vorteil dadurch. Einverstanden?«

Der Teufel zeigte seine schönen weißen geraden Zähne, die den Glanz des Sportwagens gleich wie eine Müllhalde wirken ließen.

Niklas hatte ein eher nachdenkliches als zustimmendes Gesicht, was der aufmerksame Millionär sofort richtig deutete. *Einen kleinen Schubs hat er noch nötig.*

»Fangen wir mit folgendem Detail an: Es gibt eine Million Dollar zu gewinnen. Und sogar noch mehr! Habe ich jetzt deine volle Aufmerksamkeit? Da kannst du die Schule schmeißen, deine Eltern und alle Mädchen beeindrucken, indem du ihnen Schickimicki-Zeug kaufst!«

Niklas' Augen wurden daraufhin so groß wie zwei reife Melonen.

»Eine Million Dollar?«

Das riesige Schloss lag zehn Kilometer außerhalb der Stadt, umgeben von einem großen Garten mit vielen Bäumen und Sträuchern. Abgegrenzt wurde der Garten durch einen hohen Gitterzaun mit Stacheln an den Enden. Rundherum abgeschirmt mit Wald und nur auf einem Feldweg zugänglich, war es gar nicht mal so leicht, es zu erreichen, ganz zu schweigen von der beträchtlichen Seehöhe.

Höchstens ein paar Wanderer kamen im Sommer vorbei, wenn sie am Hauptweg falsch abgebogen waren. Sonst lag das Schloss völlig allein mit dem geheimen Inneren, das in der Stadt immer wieder Thema war. Man rätselte aber nicht nur über die inneren Räume, sondern auch über den Besitzer, den niemand kannte. Manch einer behauptete, sie würden wissen, wer er war, doch das war immer nur heiße Luft, weil sich niemand sicher war.

Der Grundstückbesitzer zahlte über Anwälte, die zum Schweigen verpflichtet waren, regelmäßig seine Abgaben an die Stadtgemeinde und so konnte man keinen Besitzer zurückverfolgen. Niemandem kam ein Sterbenswörtchen aus.

Ein paar Kinder hatten letztes Jahr eine Mutprobe gewagt – Wer traut sich am Nahesten zum Gitterzaun hin.

Das Trauma, das sie an diesem besagten Abend heimtrugen, würde sie noch das ganze Leben verfolgen. Sie beschrieben ihren Eltern eine Gestalt, die einem Dämon oder einem Zombie glich. Nur sehr lebendig. Es war ein Angriff, der keine äußeren, körperlichen Schäden hinterließ, sondern der sich in der Psyche für immer verankerte.

Der *Dämon* war ihnen außerhalb des Zaunes im Wald begegnet. Er hatte einfach dagestanden, bis alle Kinder ihn gesehen hatten. Selbst dem Mutigsten unter ihnen, der sogar gerade den Zaun berührte, war das Herz in die Hose gerutscht. Schreiend waren sie weggelaufen, als das Böse einen Schritt auf sie zugemacht hatte.

Ein paar Eltern hatten rund um das Schloss nach diesem Phänomen Ausschau gehalten – erfolglos. Den Kindern wurde früh gesagt, dass der Ort nichts für sie war. Jedes Spiel in der Nähe des Schlosses brachte Hausarrest und andere Strafarbeiten, wenn die Eltern draufkamen, dass ihre Liebsten sich dort aufgehalten hatten.

Die Sonne konnte man über den Bäumen noch sehen. In einer Stunde würde sie dahinter verschwinden und das Grundstück in den Schatten tauchen.

Miriam, Lucy und Rosi stiegen aus dem Taxi aus, das sich über den Feldweg mit fünf km/h bewegt hatte. Der ausländische Taxifahrer mit dunkler Haut fluchte laut.

Lucy beglich die Schulden und gab ein wenig Trinkgeld für die Umstände mit der Fahrbahn. Der Taxifahrer ließ wieder einen nicht verständlichen Fluch bei den Mädels oder beim Schloss und ließ die Reifen am Schotter durchgehen, ehe er im Wald zwischen den Bäumen am Weg verschwand.

Vor den jungen Damen türmte sich das schwere Eisengittertor mit Stacheln obenauf, das für jeden Eindringling bedrohlich aussah. Selbst für Gäste. Als wollte es einen sofort mit schlechtem Karma belegen.

Rosi: »Danke fürs Zahlen. Ich revanchiere mich, sobald ich wieder einen Job habe.«

Lucy: »Schon okay. Der Sportwagenmensch hat uns ja hier Reichtum versprochen, wenn ich mich nicht irre. Ich zitiere: *Es ist einiges für uns drin.*«

Die beiden anderen Mädchen kicherten.

»Ich hoffe, wir bekommen das Tor auf. Das sieht schwer aus.«

Miriam hielt sich den Rücken und stöhnte: »Das letzte Schlagloch hat es mir, glaube ich, angetan.«

Rosi: »Magst du eine Tablette haben?«

Miriam lehnte dankend ab. »Vergeht sicher gleich. In einer halben Stunde bin ich wieder genesen. Danke.«

»Wie du magst.«

Lucy mit verträumt starrem Blick auf das Schloss, das ihre Aufmerksamkeit mit seinem dunklen Touch eingefangen hatte:

»Wow. Hier wohnt der also?«

Miriam: »Sind wir hier auch richtig?«

Rosi: »Auf der Karte steht jedenfalls diese Adresse.«

Lucy, die sogleich nach ihrem Fünf-Sekunden-Tagtraum das Tor genauer untersuchte, machte einen kleinen Jubelschrei: »Es ist angelehnt.«

Sie stemmte sich dagegen und bekam es ein paar Zentimeter auf. Die anderen beiden Mädchen stemmten sich ebenfalls dagegen. Eine Halbe-Meter-Öffnung hatten sie geschafft. Das reichte zum Durchschlupfen.

Ein langer, breiter Kiesweg führte zum Schloss über eine kleine Anhöhe hinauf. Man fühlte sich durch die vielen hohen Fenster ein bisschen beobachtet. Am Wegrand waren stachelige Büsche oder kleine Blumentöpfe mit Efeu platziert. Vereinzelt waren verschiedene Arten von Bäumen (hauptsächlich Tannen und Blauglockenbäumen) und Sträuchern im Garten zu finden. Im ersten Augenblick hätte man glauben können, dass das Unkraut wuchern durfte wie es wollte, da der dichte grüne Rasen eine beträchtliche Länge hatte, doch konnten die Mädchen am Ende des Weges einen Gärtner erspähen, der mit dem Rücken zu ihnen stand und gerade einen Rosenstock bearbeitete. Ein eher unnötiger hölzerner Wegweiser mit zwei Schildern war am Wegrand eingeklopft. Auf einem, der Richtung Schloss deutete stand *Schloss*, auf dem anderen, der Richtung Eisentor deutete stand *Exit*.
Als sie näher kamen, hörte er die Schritte am Kies und drehte sich zu ihnen um. Er war im mittleren Alter, hatte Stoppeln im Gesicht, braune kurze Haare und eine stattliche Figur, die er von der Gartenarbeit erhalten haben musste, die es hier zur Genüge gab.
Eine typisch grüne Latzhose mit einem grauen Shirt darunter schien seine Standardkleidung während der Arbeit zu sein. Noch grünere Flecken lachten aus der Kleidung heraus und waren wahrscheinlich nie wieder wegzuwaschen.
Seine große Gartenschere legte er beim Anblick der Mädels gleich mal beiseite und wischte sich mit dem nackten eklig behaarten Unterarm seinen Schweiß von der Stirn weg.
Miriam betrachtete sein Werk im Hintergrund, das sehr zu wünschen übrig ließ. Die Rosen waren teils abgeschnitten und die Stängel rankten wild herum. War das Kunst oder schlechte Arbeit?
»Hallo«, kam es mit freundlicher Stimme vom Gärtner, der ihnen sofort die Hand entgegenstreckte.
Miriam gab ebenfalls ein unverblümtes »Hallo« von sich und nahm seine verschmutzte, verschwitzte Hand widerwillig an. »Es ist noch immer

heiß, nicht?«, kam es weiter von ihm und stieg mit einem Smalltalk über das Wetter mit den Mädels ins Gespräch ein.

Lucy und Rosi schauten ihn mit großen Augen an, als hätten sie noch nie Personal gesehen, das für einen reichen Menschen arbeitete. Auch sie waren dann an der Reihe ein paar Bazillen entgegenzunehmen und wischten sich unauffällig ihre Hand nach dem Händedruck in ihre Kleidung.

Des Gärtners Augen irritierten ein wenig, da die Augenhöhlen seltsame Falten aufwiesen, was vielleicht auf übermäßigen Marihuana-Konsum hindeuten konnte. Die perfekte Tarnung für einen Gärtner, der gerne etwas inhalierte.

Rosi verunsichert: »Ja. Äh. Das Wetter ist heiß.«

Miriam: »Äh, ich wollte, wir wollten fragen, sind wir hier …«

Gärtner: »Richtig? Ihr seid goldrichtig. Mein Chef hat mir gesagt, ich solle alle Gäste herzlichst willkommen heißen.«

Dann neigte er seinen Kopf zu ihnen, rollte seine Augen nervös von links nach rechts und flüsterte: »Ich hoffe, ihr habt über alles gut nachgedacht.«

Die Mädels streckten ebenfalls ihre Köpfe entgegen und blickten sich vorsichtig um.

»Über was sollen wir nachgedacht haben?«, fragte Lucy fast schnaubend, an der Grenze zum Zorn, da niemand gerne im Dunkeln tappte und ungewisse Schritte im Leben tun wollte. Jeder wollte die Karten des Lebens sehen, die bereits der große Lord für einen gezogen hatte.

Rosi interessiert und misstrauisch: »Wir könnten uns hier was dazuverdienen, hat der Mann gesagt.«

Der Gärtner folgte ihren Lippen, überlegte kurz und antwortete: »Ah. Er weiht euch erst später ein. Okay. Dann hat er also eine neue Masche.«

»Gehört ihm das alles hier?«, stellte Miriam die nächste Frage.

»Sein Schloss und sein Grundstück. Ja. Und vieles mehr, dass man hier nicht sieht.«

Rosi: »Sagen Sie, wie viel kann man sich hier dazuverdienen?«

Lucy jetzt wieder mehr interessiert als wütend: »Ja. Bitte sagen Sie uns was. Wir verraten auch nicht, dass Sie uns das gesagt haben.« Die letzten paar Wörter klangen vertrauenswürdig, fast sexy. Anschließend tätigte sie ein paar schnellte Wimpernschläge.

Der Gärtner merkte nichts von Lucys Versuch oder tat zumindest so. Er schien überhaupt gegen die Schönheit der drei hübschen Mädchen immun zu sein. Sie waren es gewohnt, dass sich Männer meistens wie Machos aufführten oder zu stottern begannen oder irgendein komisches Gesprächsthema begannen, um sie in ihren Bann zu ziehen.

Doch der Gärtner schien sich eher nur für seinen Brötchengeber zu interessieren. Loyal und treu. Als wäre er ein Fan von ihm, der ihm jeden Tag huldigte und anbetete. Auch wenn der Garten nicht so aussah, schätzte man ihn als eher eifrig als faul ein. Seine Haltung und seine Aussprache passten gar nicht zu einem Gärtner. Als wäre es nur eine Verkleidung. Er war ein kleines Fragezeichen für die Mädchen, was ihn mit seiner Naivität anziehend für sie machte.

»Ich weiß auch nicht, was es hier zu gewinnen gibt oder wie viel«, antwortete er und schürte damit die Neugier.

Alle drei Mädchen im Chor: »Bitte!«

Dann lachten sie herzlich, als sie dieselbe Idee gehabt hatten. Sie wollten auf keinen Fall locker lassen und sich irgendwie einen Vorteil oder Infos verschaffen. Er musste was wissen.

Der Gärtner wurde lockerer und lächelte: »Also gut.«

Die Mädchen spitzten die Ohren. Sie hatten es wieder geschafft.

»Dem Gewinner des Spiels winken eine Million Dollar. Und sogar darüber hinaus.«

»Eine Million?« »Was?« »Und darüber hinaus?«

»Ein Spiel? Ich dachte, dass das eine Party ist?« Fast klang Miriam bestürzt darüber.

Die anderen beiden versuchten zu kalkulieren und zusammenzurechnen, ob das die Wahrheit sein könnte und wenn ja, was man so alles dafür machen musste. Ein kleiner Hauch von einem Gedanken entstand, wie weit man dafür sogar gehen würde.

»Ich habe jetzt genug verraten. Bitte nichts weitererzählen. Von mir wisst ihr nichts. Geht jetzt weiter. Ich habe noch ein wenig Arbeit vor mir«, und deutete auf den Efeu und den Blauglockenbaum.

Miriam nahm den schweren Türklopfring des riesigen Tores in die Hand und ließ ihn gegen das Eisen knallen. Ein Löwenkopf zierte das Instrument des Geräusches.

»Wieso klopfst du an?«, fragte Lucy.

Rosi: »Ja. Wir sind eingeladen. Gehen wir einfach rein.«

Ein zustimmendes Gesicht und Schulterzucken kamen von Miriam zurück.

Das schwere Tor stöhnte, ächzte und quietschte, als es in Bewegung kam. Sie traten in eine riesige Eingangshalle ein, die eine Höhe von bestimmt acht Metern hatte und sahen auf den ersten Blick sechs weitere Kandidaten, einige in respektablen Abstand zueinander, die sich neugierig nach den Neuankömmlingen umdrehten.

Der Boden war aus grauem Stein und man konnte endlich wieder frei durchatmen, da es im Inneren des Schlosses gleich um zehn Grad weniger haben musste als draußen. Die Schritte hallten in den Wänden wider und wanderten einige Räume weiter.

Links und rechts waren große Durchgänge; Die hohen Türen standen offen und man konnte in ein paar schöne, nostalgisch eingerichtete Räume einsehen. Oberhalb des linken Durchganges hing eine große Uhr mit einem römischen Ziffernblatt darin. Ein schweres Pendel verrichtete rhythmisch seine Arbeit. Stofffetzen hingen über einer seltsamen Statur aus Marmor.

Geradeaus war ein langer Stiegenaufgang, der dann oben nach links und rechts wegführte. Auch konnte man neben dem Stiegenaufgang, in andere Räume vorbeigehen. Was so klischeehaft typisch für ein Schloss aussah, ging mit einem Labyrinth voller Gänge und Räume weiter.

Momo flüsterte zu Lukas: »Wie viele kommen denn da noch?«

Lukas zurück: »Die Schlanke mit den braunen Haaren sieht geil aus, was?«

»Find ich auch. Trotzdem sind die beiden da neben uns noch geiler. Überhaupt die mit dem rosa ärmellosen Top.«

»Ja. Die andere aber auch.«

»Ja.«

Niklas stand ganz außen und blickte schüchtern in die Runde. Philipp war ebenfalls außerhalb der Mitte des Raumes und schenkte den drei jungen Damen nur kurz Aufmerksamkeit. Er blickte sich lieber wieder in der

Halle um, die ein interessantes Detail vorzuweisen hatte, dass die anderen nicht deuten konnten.

Seine Neugier und seine Intuition ließen ihn hier her kommen. Anfangs wankte er mit seiner Entscheidung, doch die seltsame Einladung beschäftigte ihn jede Sekunde. Also beschloss er sich die Party anzusehen und versprach dem Direktor morgen bei der Nachmittagsvorstellung wieder da zu sein. Und als er in die Halle eintrat und das Bild sah, wusste er, dass er goldrichtig entschieden hatte.

Lena und Viola waren beste Freundinnen, etwas jünger als Miriam und Lucy und auch etwas mehr auf das Äußere fixiert. Beide hatten blonde lange Haare, getuschte Wimpern und dezent betonte Lippen. Zudem hatten sie enge bauchfreie Tops an, die ihre nicht zu verachtenden Brüste zur Geltung brachten. Jede von ihnen hatte einen Minirock an, der bei jedem Schritt hart an der Grenze zu den sichtbaren hinteren Backen war. Fragwürdig war das Turnschuhwerk, was gar nicht dazu passte. Sneakers. Nicht jedes Mädchen konnte schwindelerregende Stöckelschuhe leiden.

Sie gingen auf die drei zu und begrüßten sie mit ihren relativ hohen, in absehbarer Zeit umschlagend nervigen Stimmen freundlich.

Lena aufgeregt: »Hallo. Ich heiße Lena. Wie heißt ihr? Das ist Viola. Wir kommen aus Rasarus-City. Von wo kommt ihr?«

Es blieb jedoch keine Zeit zu antworten.

Viola aufgeregt: »Habt ihr auch schon Geld bekommen? Wir mussten miteinander knutschen und haben dafür Geld bekommen. Ist das nicht Wahnsinn? Das war ja quasi ein Spaziergang. Das machen wir ja jeden zweiten Tag. Der hat das natürlich nicht gewusst. Wir haben auch einmal …«

Sie wurden beide vom Gastgeber unterbrochen, der lauten Schrittes die Stiegen mit einem Apfel in der Hand hinuntergeschlendert kam. Er trug einen beigen Nadelstreifanzug und eine feuerrote Krawatte. Freudig erhob er wie ein Priester vor dem Rednerpult die Arme vom Körper weg. »Wie ich sehe, sind wir nun vollzählig. Willkommen in meinem bescheidenen Schloss. Ich freue mich, dass tatsächlich alle gekommen sind. Hattet ihr eine gute Anreise? Habt ihr alle gleich hergefunden?«

Miriam, Lucy und Rosi atmeten auf, als er genau im richtigen Moment gekommen war und die beiden Blondinnen unterbrochen hatte, die sie verblüfft mit großen Augen anstarrten, als diese ohne Punkt und Komma redeten. Schienen nicht besonders helle zu sein, aber freundlich.

Alle Augen waren auf den Gastgeber gerichtet.

Lukas unverschleiert: »Sie sagten, dass es eine Party gibt. Wo ist die?«

Bryan: »Ah, wie ich höre, wurde an der Ausdrucksweise gearbeitet. Das freut mich.«

Momo rüpelhaft: »Vielleicht von ihm. Nicht von mir. Wo ist die Party, *Bruce Wayne?* Und wo ist der Alkohol?«

Lena erschrocken: »Das ist *Bruce Wayne?*«

Viola: »Wow. Schaut ja aus wie im Film.«

Lucy empört: »Sagt mal, seid ihr beknackt? Das ist nicht *Bruce Wayne*. Das ist ein reicher Schlossbesitzer. So was gibt es auch.«

Rosi: »Sie sagten, dass es Geld gibt? Wo? Oder wie kommen wir dazu?«

Bryan lachte: »Haha, hier nimmt sich wohl niemand ein Blatt vor den Mund, was? Gefällt mir. Das werden tolle Partynächte. Ganz langsam. Ich beantworte euch gerne alle Fragen. Zuerst möchte ich mich vorstellen, wenn ich darf, wie es sich unter zivilisierten Menschen gehört.«

Er blickte in Richtung Lukas und Momo.

»Also. Ich weiß, die Frage hat mir niemand gestellt, aber trotzdem sage ich euch meinen Namen und der ist nicht *Bruce Wayne*, wer auch immer das ist.«

Dieses Mal trafen die Blicke Lena und Viola. Kurz schweifte er an deren Körper hinab. Dann ward er wieder professionell mit erhobenen Hauptes, wie ein Lehrer bei seinen Schülern.

»Mein Name ist Bryan. Einfach Bryan. Kein Nachname. Ich möchte mit euch per *Du* sein, da einige von uns sowieso schon einen lockeren Umgangston haben. Und Menschen kann man ja bekanntlich nicht ändern.«

Lena: »Oh doch. Menschen ändern sich.«

Viola nickte ihr wild zu und blickte hoffnungsvoll zu Bryan, er würde es ebenso tun, doch dieser würdigte den Kommentar mit keiner Antwort.

Null Erfahrung und redet wie eine Psychologin.

Alle blickten weiter gespannt auf ihren Gastgeber, der jetzt auf der untersten Stufe stand.

»Meine Party, ich meine, eure Party ist ganz einfach zu verstehen. Ohne große Ansprachen will ich gleich zur Sache kommen, denn um 22 Uhr geht es auch schon los. I-i-i-a-a-a!«

Alle blickten sich fragend an, warum der Schlossbesitzer plötzlich so abgehackt lachte.

»Herrlich. Okay. Jetzt kommt's. Ihr müsst in meinem Schloss für eine Woche, also sieben Nächte bleiben, dürft keinen Fuß außerhalb des großen Tores vom Gelände setzen, sonst ist die Party vorbei und ihr geht leer aus. Wenn ihr das schafft, bekommt jeder von euch eine Million Dollar!«

Stille.

Bryan grinste, vergaß fast zu schlucken, woraufhin er ein wenig sabberte und konnte seine Aufregung selbst nicht fassen. Im richtigen Moment, bevor das Unglück mit dem Speichel überhandnahm, beherrschte er sich wieder, schluckte den Speichel und sah sie fragend an.

Haben die mich verstanden? Hab ich was Falsches gesagt? Die vorigen haben da ein wenig anders reagiert. Komisch.

»Hat keiner eine Frage?«

Lena: »Bekommt auch jeder ein Bett?«

Viola: »Und ein eigenes Zimmer?«

Lena zu Viola: »Ich möchte mit dir im Zimmer liegen.«

Viola zurück: »Ich auch.«

Lena sah Bryan an: »Dürfen wir?«

Bryan etwas runtergekommen von seinem Trip:

»Das ist alles, was ihr fragt?«

Ich glaube, null Erfahrung ist noch zu viel für die beiden. Unter null. Das vielleicht. Könnte aber trotzdem noch eine Beleidigung für die Null sein, da sie noch vorkommt. Hm.

Lucy: »Eine Million für jeden? Ist das jetzt wirklich wahr?«

»Ihr wusstet davon?«, fragte der Schlossbesitzer empört.

Lena posaunte hinaus: »Vom Gärtner. Wir haben das auch schon gewusst.« Viola nickte wieder wild.

Rosi als die Älteste unter den Teilnehmern mit fester Stimme: »Ich denke, ich spreche für alle, wenn ich sage, dass wir uns verhört haben. Ich will das vielleicht lediglich nochmal bestätigt haben. Sie wollen, dass wir bei Ihnen sieben Nächte lang schlafen und dann bekommen wir jeder eine Million Dollar in die Hand?«

Bryan grinste: »Bitte mit Bryan anreden. Ja. Ende der Woche gebe ich jedem einen hübschen Geldkoffer in die Hand.«

Miriam: »Und der Haken?«

Bryan: »Ah, du bist wohl die Misstrauische unter euch. Die gibt es immer. Aber das ist schon in Ordnung so.«

Momo grunzte: »Wir sind alle misstrauisch. Ich spreche auch für alle.«

Bryan setzte ein Na-klar-Gesicht auf: »Der Haken? Es gibt keinen. Na ja. Vielleicht doch. Ich meine, *ich* hätte meinen Spaß. Aber andere haben den nicht. Also …«

Sie konnten eindeutig feststellen, dass er ihnen etwas durch die Blume sagen wollte, nur was das war, wussten sie nicht …

Lucy genervt: »Sag schon!«

»Super. Du hast es kapiert mit der Anrede. Blickt euch in der Halle um. Jedes Bild zeigt einen Gewinner.«

Die Kandidaten sahen sich um.

In ein paar Mauernischen in beträchtlicher Höhe waren verschieden Statuen von hässlichen verunstalteten Tieren, Monstern oder Mutanten. Ein paar Lanzen und Wappen hingen ebenfalls auf der Mauer, sowie die beschriebenen Bilder in würdiger Größe, bis auf eines.

Lukas: »Hier hängen nur fünf Bilder. Und auf vier davon bist du drauf.«

Bryan grinste und sah sich mit selbstverliebtem Blick seine eigenen riesigen Portraits an, die das kleine Bildchen, auf dem ein junger Mann mit erschrockenem Gesicht abgebildet war, bei Weitem überschatteten. Das Bild des jungen Mannes zeigte lediglich den Kopf und nur die Spitze von breiten Schultern, während die Portraits von Bryan ihn von Haar bis zur Schuhsohle in voller Länge zeigten. Bryan deutete auf ein Gemälde von ihm und erklärte: »Das hier am Gemälde ist mein Lieblingsanzug von *Hugo Boss*. Zeitlos mit schmalem Schnitt. Kann man am Bild nicht ordentlich erkennen, aber …«

Miriam: »Entschuldigung, äh, Bryan. Der Haken war jetzt nochmal?«

»Ach so, ja. Ich wollte sagen, dass einem die Partys nicht ganz liegen könnten.«

Rosi: »Was heißt das?«

»Na ja. Ihr werdet ab 22 Uhr wahrscheinlich nicht zum Schlafen kommen *aufgrund* der Partys. I-i-i-a-a-a. Da sag ich noch *bitte übernachtet in meinem Schloss* und dann sag ich, *ihr werdet nicht zum Schlafen kommen.* Ich meine, ihr könnt versuchen zu schlafen, doch das hat noch keiner geschafft oder versucht zu machen. Meine Partys sind nicht langweilig.«

Viola: »Drehst du so laut die Musik auf? Etwa Heavy-Metal-Kacke? Das wollen wir nicht hören.«

Lena: »Kommt noch wer auf die Party?«

Lucy verdrehte die Augen.

Bryan: »Das ist eine gute Frage. Möchte jemand eine Zigarette?«

Rosi, Lukas und Momo hoben die Hand. Bryan warf Rosi das Päckchen zu. Sie nahm sich eine raus und gab es weiter. Auch Lucy nahm sich dann eine.

Qualm stieg in die Halle empor.

Miriam bald ungeduldig: »Was passiert auf den Partys? Wieso können wir ab 22 Uhr nicht mehr schlafen?«

Lukas: »Wir wären sowieso nicht schlafen gegangen, wenn es eine Party gibt. Was ist denn das für eine seltsame Ansage?«

Rosi: »Ist das die Prüfung?«

Bryan: »Alles zu seiner Zeit. Na kommt. Gehen wir ins Esszimmer. Ich habe Hunger. Da bekommt ihr auch die Restinfos.«

Bryan zwinkerte Miriam zu. Miriam schaute ihn entgeistert und angewidert an.

Sie flüsterte zu Lucy: »Hast du das gesehen? Der glaubt wohl, der kann mich abstellen, wenn er mich peinlich anmacht.«

Lucy lächelte sie mit großen Augen an. »Ja. Unheimlich. Der ist glaube ich nicht ganz dicht.«

Momo aufgeklärt zu Rosi: »Wir müssen jetzt sieben Partynächte mit viel Alkohol machen und der glaubt, wir halten das nicht aus.«

Rosi kühl zurück: »Ich glaube, es geht um etwas anderes.«

Sie machten sich alle in das Esszimmer auf, das zwei Räume neben der Eingangshalle lag.

Unterwegs flüsterte Miriam zu Lucy: »Der Junge dort sieht gut aus, nicht?«

Sie blickte in die gedeutete Richtung von ihr, sah Philipp, überlegte und musterte ihn: »Kann sein.«

»Kann sein?«

»Ja schon. Er hat was.«

Sie nahmen in einem riesigen Raum mit einem langen Tisch Platz. Man hätte das Esszimmer normal als Speisesaal bezeichnen müssen, da er so groß wie ein Turnsaal war. Die Stühle waren richtige Antiquitäten mit hohen Rückenlehnen. Die Armlehnen waren mit einem schönen Muster verziert. Die Wände wurden von Bildern verziert, auf denen verschiedenste Herrscher und Könige aus unterschiedlichsten Epochen grimmig auf die Gäste starrten. Einige Kerzenleuchter waren ebenfalls an den Mauern angebracht. Vor den schmutzigen großen Fenstern hingen schwere rote Vorhänge. Diese hatten eindeutig ihre besten Zeiten hinter sich, da sie staubig und befleckt waren. Fünf riesige Kronleuchter baumelten von der Decke. Die Schnur, die sie hielt, konnte man fast gar nicht erkennen, so hauchdünn war sie. Noch spendete das Tageslicht genug Helligkeit, ehe man die Elektrik benutzen musste.

Der Gastgeber platzierte sich am Ende des Tisches, saß aufrecht da und grinste alle an. Die Mannschaft blickte zurück.

»Also, es ist kurz vor 19 Uhr. Ich bin schon so aufgeregt, was ihr zu meiner Party sagen werdet. Das Essen wird gleich serviert. Ach so. Das muss ja *ich* machen. Würdest du mir bitte helfen?«

Bryan stand auf und bat Momo um Hilfe. Dieser blickte entgeistert zu Lukas, der nur die Schultern zuckte, dämpfte seine Zigarette in einem Aschenbecher am Tisch aus und folgte dem Millionär durch eine Tür im hinteren Bereich des Raumes.

Die anderen am Tisch blickten sich still um. Man hörte nur das Ausblasen des Zigarettenrauches, bis auch das verstummte.

Die Stille wurde von den Blondinnen durchbrochen, die es schon viel zu lange ohne Worte ausgehalten hatten.

Viola zu Lena: »Bist du auch so aufgeregt?«

Lena zu Viola: »Ja, voll. Findest du Bryan auch so süß?«

Viola: »Ja, sein Lächeln ist sexy und seine Augen sind voll anziehend.«

Lena und Viola verträumt: »Aaaaaaaaaaahhhhh.«

Lukas und Lucy verdrehten die Augen und lächelten sich danach an, als sie gemerkt hatten, dass sie die gleiche Mimik gemacht hatten.

Miriam, die neben Lucy saß, flüsterte ihr zu:

»Oh mein Gott. Gefällt dir der?«

Lucy warf ihr einen gespielten bösen Blick zu: »Nein. Halt die Klappe.«

Da kamen schon wieder Bryan und Momo zurück – jeder einen Essenswagen, mit irre gut duftendem Essen darauf, vor sich herschiebend.

Bryan scherzte gerade, wie wenn sein bester Kumpel hinter ihm wäre.

»Und deshalb dachte ich mir, bleibe ich bei den einfachen Sachen heute. Ich hoffe, es reicht für heute. War mir nämlich nicht ganz sicher, ob alle kommen werden. Aber wie ich sehe, kann man sich auf die heutige Jugend nach wie vor verlassen. Haha.«

Momo blieb hinter ihm stumm und achtete darauf, dass er mit dem Wagen mit nichts kollidierte.

Rosi: »Darf ich helfen aufzudecken?«

Bryan: »Aber natürlich. Das habe ich sogar gehofft.«

Auch Miriam stand auf und half den Tisch mit den Speisen zu decken.

Größtenteils blieb es beim Essen still. Man freute sich einfach über die vielen Gaben. Hungrig hatten sie überall zugeschlagen. Die Küche ließ nichts anbrennen. Für alle war was da: Huhn, Rind, Lamm, Pommes, Salat, Reis, Gemüse, um nur Überbegriffe zu nennen.

Nach dem Essen blickte Bryan auf die riesige Uhr, die genau vor ihm an der Wand hängte und grinste.

»Okay. 19:30 Uhr. Wer möchte Nachspeise?«

Miriam: »Äh, nichts für ungut. Aber …«

Lukas verfressen: »Ja, ich!«

Momo noch verfressener: »Ich auch!«

Miriam halb kreischend: »Wie läuft das hier jetzt weiter ab?«

Sie erreichte, was sie bezwecken wollte: Stille und Aufmerksamkeit. Die Worte hallten an den Wänden und einigen angrenzenden Räumen des Schlosses wider.

»Na endlich. Erklär das nochmal mit den sieben Nächten.«

Bryan grinste wie ein Schaukelpferd, schaute auf und begann um den Tisch herumzuwandern. Beim Sprechen gestikulierte er ein wenig mit den Armen und Händen mit.

»Klartext. Sieben Nächte solltet ihr bei mir bleiben, ohne einen Fuß aus dem Tor zu setzen. Verlasst ihr mein Gelände, bekommt niemand einen müden Cent von mir. Das sagte ich alles bereits. Falls einer von euch in diesen sieben Tagen oder besser gesagt in den Nächten das Zeitliche segnet, läuft die Wette natürlich weiter. I-i-a-a, einfach fantastisch.«

Die Teilnehmer glotzten ihn an und wussten nicht recht, was sie von den Worten halten sollten.

Rosi flüsterte zu Lucy: »Das Zeitliche?« Lucy machte ein ratloses Gesicht.

»Eine Million Dollar! Ist es das nicht wert?« Es folgten zwei nervenzerfetzende Sekunden Pause. Dann redete der Gastgeber weiter, als wären alle Wortzusammenhänge normal gewesen: »Da ich diesen Spieleabend nicht das erste Mal mache, weiß ich um die dringenden Fragen der Teilnehmer. Gewand habt ihr zur Genüge auf euren Zimmern. Passen wird es euch bestimmt, gefallen vielleicht nicht, aber mit dem müsst ihr eben nur kurz leben. Sieben Nächte. Ihr solltet jetzt daheim, in der Arbeit oder sonst wo anrufen und sagen, dass ihr ab jetzt für eine Woche nicht mehr kommt. Oder auch nicht. Mir egal.«

»A-a-aber meine Mama wird das nicht erlauben«, meldete sich Niklas das erste Mal zu Wort. Seine Stimme klang noch piepsender und schüchterner als sonst.

Lukas und Momo brachen in Gelächter aus. Die anderen grinsten ihn an und blickten dann zu Bryan.

Der wendete sich Niklas zu und begann mit einer maliziösen Stimme: »Ich würde sagen, dass das nicht mein Problem ist. Das ist eher das Problem von deiner Mama oder von euch. Verlässt Niklas das Gelände, gibt es kein Geld. Es liegt an euch. Es steht jedem frei, jederzeit zu gehen. Vergesst das nicht. Doch ist einmal ein Fuß außerhalb des Tores auf den Boden gesetzt, ist das Spiel für alle vorbei. Für *alle!*«

Das letzte Wort betonte er streng in die Runde blickend.

Lukas und Momo hörten abrupt zu lachen auf, blickten zu Niklas und registrierten die Folgen, die sich dadurch ableiten könnten. Miriam registrierte die Bösartigkeit und die Gier der beiden, reagierte schneller, stand auf und sprach: »Hey. Tut ihm ja nichts. Man kann nicht nur mit Gewalt etwas bewirken.«

Rosi: »Äh, habt ihr alle nicht aufgepasst? Wenn wir das Zeitliche segnen? Was?«

Lena selbsterklärend: »Ja, wenn wir sterben sollten.«

Rosi schnippisch: »An Altersschwäche in den sieben Tagen, oder was?«

Viola verteidigte ihre Freundin: »Na vielleicht ist einer schon schwer krank oder so?«

Rosi kopfschüttelnd: »Ihr seid so lächerlich.«

Niemand wollte so wirklich Rosis Worte beachten, da die Situation mit Niklas etwas mehr im Rampenlicht stand als eventuelles Dahinscheiden.

Bryan zu Miriam: »Schlaue Worte. Wenn du das sagst.«

Miriam warf Bryan einen bösen, gleichzeitig irritierten Blick zu, warum er solche Kommentare abgab.

Miriam selbstbewusst: »Ihr zwei tut ihm ja nichts, sonst bin ich weg von hier.«

Sie ging rüber zu Niklas, der nicht wusste, wo er hinschauen sollte. Meist entschied er sich für den Boden, dieses Mal für die schöne Tischplatte mit dem weißen Leintuch und den vielen Servietten, die liebevoll in ein paar Schwäne gefaltet worden waren. Die Nackenschmerzen, die er oft hatte, und die schlechte Haltung hingen alle mit dieser Lebensweise zusammen. Seine Finger beschäftigte er mit seiner Gabel, die er immer wieder in den Händen drehte.

Es war eine Situation, die er allzu gut von daheim kannte. Mama und Papa stritten oft über die Erziehung, über die Schule, über das Thema, dass er keine Freunde hatte … Einfach über sein ganzes Leben. Alles musste eingeteilt sein. Als Musikinstrument hatten sie ihm ein Akkordeon in die Hände gedrückt und gesagt: Das lernst du ab heute!

Heute war das anders. Heute musste er nur noch Mama gehorchen. Papa war weg. Ein wenig erträglicher.

Lucy: »Von mir müsst ihr das dann ebenfalls befürchten.«

Miriam legte Niklas, der etwas ängstlich dreinblickte, die Hand auf die Schulter und sprach in ruhigem Ton zu ihm. Beim Handauflegen merkte sie, dass er zusammenzuckte.

»Was würde deine Mama sagen, wenn du mit einer Million Dollar heimkommen würdest?«

Niklas überlegte ein wenig: »Na ja. Super. Wir könnten das Haus abzahlen. Über das jammert sie immer.«

Lukas spottete: »Ihr seid voll die Verlierer-Familie.«

Lucy stand auf, stütze sich am Tisch ab, lehnte sich bedrohlich nach vor und schrie: »Halt deine blöde Fresse, bevor sie dir eingeschlagen wird!«

Lukas lachte: »Von dir? Oder was?« Momo grunzte dazu.

Philipp: »Von mir.«

Alles blickte zu Philipp, der sich bis jetzt relativ ruhig verhalten hatte. Ein entschlossener Blick traf auf Lukas. Das Lachen in seinem Gesicht war weggewischt. Auch Momo funkelte böse zum Artisten zurück.

Lukas: »Ah, der Zirkusjunge mischt sich ein und bezieht Stellung. Ich nehme an, dass du die Million auch gut brauchen kannst. Zigeunervolk wie du ist immer knapp bei Kassa. Jetzt wunderst dich wohl, woher ich weiß, dass du vom Zirkus bist, was? Ich hätte nicht mal deine Vorstellung sehen müssen, um zu wissen, dass du so ein armseliger Clown bist.«

Momo grunzte: »Er freut sich sicher schon auf die Klamotten, die im Zimmer liegen, damit er endlich mal was Ordentliches anziehen kann.«

Philipp kühl: »Habt ihr euch schon mal in den Spiegel geguckt? Bevor ich so aussehe wie ihr, bin ich lieber arm.«

Interessant, dachte sich Bryan und verfolgte die Kommunikation seiner Party-People.

Die Situation war angespannt. Lukas, Momo und Philipp bildeten Fäuste. Kampferfahrung konnte Philipp noch keine vorweisen, doch er hätte die Beweglichkeit, die Kondition und die Kraft, um es mit ihnen zumindest eine Zeit lang aufzunehmen. Es müsste schnell gehen. Denn die beiden sahen für ihn nicht nach Fair-Playern aus. Der Kampf würde garantiert in Richtung Aschenbecher-und-Stühle-werfen gehen. Auch wussten die beiden sicher nicht, wann ein Kampf entschieden war und würden nicht aufhören, bis sie Philipp krankenhausreif geschlagen hatten.

Lukas und Momo hatten schon ältere Männer zusammengeschlagen. Ohne Skrupel. Ohne Grund. Bzw. konnte man einen schiefen Blick nicht als Grund deuten. Noch nie hatten sie draufgezahlt. Die Besuche auf der Polizeistation zählten da nicht. Ihre Aggression steigerte ihre Kampfkraft.

Bryan lachte, wollte diplomatisch und hetzerisch gleichzeitig sein, was nicht einfach war: »Aber, aber. Es geht um eine Million. Ihr müsst nicht, aber es wäre ratsamer zusammenzuhalten.«

Rosi stand vom Sessel auf und sagte mit lauter Stimme: »Wieso sollten wir sterben?«

Alle sahen sie an. Es waren viele bewegende und wichtige Fragen, die vieles entscheiden konnten und niemand wollte diese Infos verpassen. Bryans Stimmlage wurde ruhiger und geheimnisvoller.

Lucy verblüfft: »Wann hat er denn das gesagt?«

Bryan: »Ach ja. Da waren wir. Jede der sieben Nächte hat ein Thema. Wie gesagt, um 22 Uhr beginnt die Party. Jeden Abend beim Essen werde ich euch einen Tipp dazu geben, damit ihr euch mental darauf vorbereiten könnt.«

Die Streithähne vergaßen die etwas heikle Situation und konzentrierten sich auf die Worte des Millionärs.

Rosi schnauzte rüber: »Und diese Partythemen sind tödlich, oder was?«

Bryan mysteriös: »Vielleicht. Achtung. Hier kommt auch schon mein Tipp …«

Alle Körper neigten sich stark zum Gastgeber. Ohren wurden gespitzt. Es war mucksmäuschenstill rundherum. Nicht einmal Vögel konnte man draußen in der Abendsonne zwitschern hören.

»Ich habe vier Beine, habe Fell, ich kann laut werden, jede Rasse von uns ist speziell. Unser Temperament ist meist freundschaftlich, doch nimm dich in Acht, einige unter uns sind böse, wollen Streit und Macht.«

Bryan sah sich freudig um, wie seine Reime und seine Tipps angekommen waren.

Die Kandidaten blickten ihn an, als wäre er gerade acht Jahre alt geworden.

Rosi: »Äh, das kann nur ein Hund sein, oder?«

Lucy: »Glaub auch.«

Miriam: »Was anderes fällt mir auch nicht ein.«

Viola: »Juhu, Hunde.«

Lena: »Süße Hunde.«

Lukas: »Habt ihr zwei Puten nicht aufgepasst? Einige sind böse.«

Miriam fragend: »Und wollen Streit und Macht?«

Bryan verdrehte die Augen. »Ja, okay. Mir ist kein anderer Reim eingefallen. Der nächste Tipp wird schwieriger. Das war nur der Anfang. I-i-i-a-a-a.«

Die Kandidaten sahen sich bei dem irren Lacher ihres Gastgebers wieder fragend an.

Bryan geleitete seine Party-People aus dem Essraum und deutete auf die Stiegen hinauf. Lustig blickte er sie an.

»Wie gesagt, eure Zimmer mit Bett, Gewand, WC und sonstigem Schnickschnack findet ihr dort oben. Zimmer sind beschriftet, glaub ich. Ich wünsche euch allen angenehme und fröhliche Tage und hoffe auch, dass es sich jetzt niemand mehr anders überlegt und gleich die Flinte ins Korn wirft. Nochmal: Ich für meinen Teil freue mich sehr, dass ihr meiner Einladung gefolgt seid und möchte mich nochmal bei euch bedanken. Danke. Ähm, Philipp, darf ich mit dir bitte noch kurz sprechen? Die anderen können schon gehen. Viel Spaß. Und noch etwas … ich sehe und höre alles!«

Er deutete auf eine Kamera in der Ecke. Die Kandidaten wurden jetzt erst aufmerksam auf die ziemlich vielen Kameras in den Ecken und auf den Wänden, was Philipp schon von Anfang an bemerkt hatte. Verstörte Blicke wanderten von Ecke zu Ecke und zu jeder Spinnwebe, die etwas anders aussah, als eine normale Spinnwebe eben.

Bryan lachte: »Keine Angst. Dusche und WC ausgeschlossen.«

Die Kandidaten blickten ihn mit ausdruckslosen und teils angeekelten Gesichtern an und begannen die Treppe hinaufzusteigen. Philipp ging zu Bryan. Dieser legte seinen Arm um seine Schulter und zog ihn zu sich.

»Habe ich was Falsches gemacht?«

»Haha, nein. Keineswegs. Möchtest du eine Zigarette?«

»Nein, danke.«

Der Millionär leiser: »Ich möchte zwei Sachen mit dir bereden. Die erste wäre, bitte gib mir etwas auf Niklas Acht. Der scheint sich hier gar nicht wohlzufühlen.«

»Das hätte ich auch ohne unser Gespräch gemacht.«

»Haha. Weiß ich doch. Und nun zur zweiten Sache …«

Erste Nacht

Die Kandidaten kamen aus dem Staunen nicht mehr heraus. Die Gänge des Prunkschlosses waren alle zum Verwechseln ähnlich. Wie im Speisesaal waren auch hier die Wände mit menschengroßen Bildern und antiken Kerzenleuchtern behangen. Das Wachs war ohne Auffangbehälter über den fünffach verzweigten Kerzenleuchter heruntergeronnen und einfach auf den roten Teppich getropft. Das Licht am Gang kam von den Kronleuchtern an der Decke, die wie Laternen aussahen. Niemand wollte anscheinend die Kerzenstummel in den Leuchtern tauschen.
Die Gemälde zeigten abermals Herrscher aus längst vergangenen Zeiten, deren Gesichter große Ähnlichkeit mit dem des Millionärs hatten.
Man setzte bei der Bauart und Einrichtungsweise des Schlosses auf Kontinuität und wollte Verwirrung stiften. In vielen Gängen standen dieselben seltsamen Statuen und eine Menge Ritterrüstungen auf Sockeln herum.
Trotzdem fanden die Kandidaten schnell auf ihre Zimmer, da diese gleich am Beginn des Ganges waren und auf goldenen kleinen Türblättchen ihre Namen eingraviert waren.

Zimmer von Miriam, Lucy und Rosi:

»Wow!«, waren die ersten Worte einer jeden.
»Die Uhr sollten wir wohl im Auge behalten, was?«
»Das will man mit der Größe wohl sagen. Die kann man gar nicht übersehen.«
»Ich mag keine unpünktlichen Menschen. Wahrscheinlich er auch nicht. Wo wollt ihr schlafen?«
»Ich kann gern das Single-Bett nehmen. Bin nur froh, dass ich nicht bei den beiden High-Voices im Zimmer liegen muss. Die Aufteilung gefällt mir.«
Lucy legte sich auf die linke Seite des Ehebettes und entspannte sich.

»Hihi. Die zwei sind der Brüller. Bin schon echt gespannt, ob da jetzt wirklich Hunde kommen oder so. Er hat nicht mal gesagt, wir sollen das Zimmer dazu verlassen oder wo anders hingehen, oder?«

Rosi kontrollierte das Schloss bei der Tür und blickte, als sie die Tatsache sah, dass man nicht versperren konnte sofort zur Badezimmer- und Klotür. »Ich denke, die Party wird unweigerlich zu uns kommen. Man kann keine der Türen versperren.«

Miriam noch immer verblüfft vom Raum, blickte neugierig Richtung des begehbaren Gewandschrankes: »Die Einrichtung ist der Wahnsinn.«

Lucy: »Eigentlich logisch. Damit alles zu uns kann, was auch immer das Party-Thema ist. Sonst verdienen wir uns die Million ja zu einfach, wenn wir uns nur einsperren könnten.«

Rosi belustigt: »Und sieben Nächte schlafen.«

Lucy grinste.

Miriam: »Wow. Dieses Kleid nehme ich mir, wenn euch das recht ist.« Sie hielt einen gelben Fetzen hoch und zeigte es den anderen beiden Mädels.

Lucy ohne Hinzusehen: »Jaja. Tu nur.«

Rosi beiläufig: »Ich habe längere Beine. Das würde mir nicht passen. Kannst es ruhig haben.«

Miriam: »Habt ihr euch auch gefragt, woher er diese Sachen hier hat? Ich meine, es ist von allem etwas dabei. Geht man da in ein Gewandgeschäft und kauft irgendwas ein? Wow. Wieder so was.«

Lucy: »So stellst dir das Paradies vor, was? Hihi. Könnte von den Vorgängern sein, oder? Die Party steigt ja nicht das erste Mal hat er gesagt?

Rosi: »Fünf Mal hat sie stattgefunden. Vier Mal hat er gewonnen laut den Bildern in der Halle. Eines war ja nicht von ihm.«

»Der ist so selbstverliebt und arrogant.«

»Kann er uns eh nicht hören?«

Sie blickten alle drei zur Kamera in vier Meter Höhe in der Ecke des Zimmers. Miriam deutete mit der Hand ab: »Egal. Wieso lässt man einfach alles hier?«

Lucy: »Vielleicht sind sie weggerannt und haben es wirklich einfach hier gelassen.«

Miriam: »Wegen Hunde?«

Rosi: »Manche haben Angst vor Hunden. Vielleicht kommt in der nächsten Nacht was anderes und das ist furchteinflößender.«

Stille. Alle blickten auf die Uhr.

Rosi: »Und was glaub ihr, hat er wirklich vor? Ich meine, all das hier, äh, hä?«

Lucy: »Wie Miri sagte, egal. Wir sind auserwählt worden bei einem seltsamen Auswahlverfahren. Sieben seltsame Partynächte, äh, überleben und mit einer Million Dollar heimgehen. Egal, wie komisch das alles ist. Eine Million!«

Die Mädchen kicherten.

Zimmer von Philipp und Niklas:

Beide wühlten im Gewandkasten herum und suchten sich Markenkleidung zum Tragen heraus. Sie verstanden und harmonierten gut miteinander.

»Wie hast du das mit deiner Mutter jetzt geregelt?«

»Das hat mir Miriam gemacht. Sie hat sich als Lehrerin ausgegeben und gesagt, dass ich auf Schulexkursion für eine Woche bin und auf die Frage, warum ich ihr das nicht erzählt habe, hat sie gesagt, dass ich schon erwachsen genug bin, um das selbst in die Hand zu nehmen.«

Philipp verwundert: »Ziemlich rau, oder? Wird deine Mama böse?«

Niklas grinste, hatte aber gemischte Gefühle: »Bestimmt. Aber nicht, wenn ich mit einer Million Dollar heimkomme.«

Philipp grinste jetzt auch: »Unser Zirkus kann die Million auch gut gebrauchen. Ich würd ihm das ganze Geld spenden. Das Essen für die Tiere und die anderen Instandhaltungskosten sind wirklich hoch. Geschweige denn, dass wir uns selbst mal wieder einen Monatslohn auszahlen können. Trotzdem wollte ich nie was anderes werden.«

Niklas etwas schüchtern: »Ich kenn dich von der Vorstellung. Das ist echt mutig was du da mit den Tigern machst.« »Danke.«

»Ist das manchmal nicht gefährlich?«

Philipp grinste: »Wenn sie hungrig sind schon. Aber die werden vor der Vorstellung ziemlich vollgepumpt mit Fleisch, also beinahe ungefährlich.«

»Und der Direktor war einverstanden, dass du einfach eine Woche nicht kommst?«

»Naja. Recht begeistert war er nicht, aber er nimmt unseren Ersatzdompteur für meine Vorstellung.« Philipp sprach den Satz so aus, dass Niklas merkte, dass er darüber nicht weiter quatschen wollte.

Nach weiterem Stöbern, stellte Niklas eine Frage zu einem anderen Thema: »Was hat dir der Millionär eigentlich gesagt?«

»Äh, nicht so wichtig. Eine Zwischenwette. Du wirst sie morgen sehen.«

»Ich habe auch eine bekommen.«

»Echt? Was denn?«

»Das möchte ich auch nicht sagen.«

»Auch so was komisches?«

»Äh, ja. Ich glaub, die kann ich nicht machen.«

Zimmer von Lukas und Momo:

Lukas sah zum Fenster in den Garten hinaus. Momo pinkelte gerade ein bisschen neben die Klomuschel, da er die goldenen Armaturen bestaunte.

Lukas selbstsicher: »Eine Million! Ist das geil!«

Momo spülte und sprach: »Beim Essen holen hat er mir meine Zwischenwette gegeben.«

Lukas aufgeregt: »Sag schon. Was denn? Mir hat er keine gegeben. Kommt wahrscheinlich noch.«

Momo bedrängt und beklemmt: »Ich soll eine flach legen.«

»Wirklich? So einfach?«

»Einfach? Na welche soll ich denn nehmen?«

Lukas völlig von sich und seinem Schlägerkumpanen eingenommen: »Stimmt. Du hast die Qual der Wahl. Keine Ahnung. Eine von diesen Blonden, oder? Was gibt er dir denn dafür?«

»Hat er nicht gesagt.«

»Cool. Bin schon gespannt auf meine Zwischenwette. Was hast du daheim gesagt, warum du nicht kommst?« »Ich schlaf bei dir eine Woche.«

»Hühü. Ich bei *dir* eine Woche.« »Höhö.«

Beide lachten über ihre Intelligenz.

Zimmer von Lena und Viola:

Beide saßen auf einem ungeheuer gemütlichen Sofa und machten Selfies, die sie dann sofort akribisch kontrollierten, ob der Hintergrund und vor allem ihr Gesicht passten. Vorher hatten sie ihren Eltern Bescheid gesagt, dass sie eine Woche in einem Schloss übernachteten.

Lena abwesend: »Ich finde Bryan voll scharf. Du?«

Viola: »Ist das der Junge?«

»Ne, der Millionär.«

»Oh. Ja. Find ich auch. Der ist voll durchtrainiert. Hast du das gesehen?«

»Voll. Bin ja nicht blind. Was hat denn deine Mama gesagt?«

»Na dass ich mir die Million schnappen soll. Was sonst.«

»Meine auch. He, hörst du das? Es ist 22 Uhr. Die Party beginnt.«

»Yippie!«

Die große Uhr in der Halle schlug 22 Uhr. Im ganzen Märchenschloss hörte man die Schläge widerhallen. Die Kandidaten horchten auf, öffneten neugierig die Türen und blickten alle auf denselben Gang, da ihre Zimmer nebeneinander und gegenüberliegend angeordnet waren.

Rosi: »Sieht man schon was?«

Lena: »Nein. Was denn?«

Lucy: »Es sollten Hunde kommen.«

Momo: »Wer sagt das?«

Lucy murmelte zu ihren beiden Zimmerkameradinnen:

»Da haben einige wohl weniger IQ als eine Gelse.«

Miriam und Rosi lachten.

Mit dem Lacher kam auch schon der erste Hund am Gang entlanggerannt – ein schöner weißer kniehoher Pudel. Lena und Viola gingen sogleich über die Türschwelle aus ihrem Zimmer, um den Hund aufzuhalten, ihn lieb zu kosen und zu streicheln. Der Pudel sah sein Publikum und drosselte entsprechend seine Geschwindigkeit, um die letzten Schritte zu den Blondinnen stolzierend graziös zu erledigen.

In übermenschlich hohem Ton begannen sie mit dem Hund zu sprechen.

»Jaaa, wer bist duuu denn?«

»Woher kommst duuu denn?«

»Voll flauschig.«

Der Pudel freute sich über die Streicheleinheiten.

»Und voll schön. Du heißt ab jetzt Lena.«

»Ooh, voll süß. Danke. Der nächste Hund heißt wie du.«

Eine dicke keuchende Bulldogge kam als nächstes um die Ecke gebogen. Seine schnaubenden Geräusche hatten nicht nur mit seinem Übergewicht zu tun, sondern waren in der Rasse verankert.

Die restlichen Kandidaten, die das Szenario beobachteten, lachten.

Lena angeekelt: »Ich glaube, den lassen wir besser aus. Der nächste.«

Viola kicherte. Jetzt kamen aber gleich ein paar um die Ecke gerannt und freuten sich über die endlos langen verwinkelten Gänge. Sie beschnupperten kurz die Kandidaten und freuten sich des Lebens über ihren Freigang. Immer mehr kamen von jeder Größe und Rasse.

Die Kandidaten mussten regelrecht aufpassen, dass sie keinen niederrempelten oder auf einen drauftraten, da sie sich auf den Weg gemacht hatten, um den Ursprung der Vierbeiner zu klären. Keiner der Hunde sah bösartig aus oder war einem Kampfhund ähnlich, also trauten sich alle aus ihren Zimmern.

»Die kommen von der Eingangshalle.«

»Na da lasst er sie ja wahrscheinlich rein.«

»Seid vorsichtig. *Einige unter uns sind böse, suchen Streit und Macht,* hat Bryan gesagt.«

»Wissen wir.«

»Wir haben keine Angst.«

Momo streichelte einem Bernhardiner grob über den Kopf, um zu beweisen, dass er Recht hatte und sie nichts zu befürchten hatten. Der große Hund duckte sich eher weg. Momo trat ihm nach, verfehlte ihn aber, aufgrund von unflexiblen Beinhebens. Alle fünf Damen protestierten sofort ...

Miriam: »Sag mal, hast du sie noch alle?«

Lucy: »Du fetter Affe, soll ich das bei dir machen?«

Rosi: »Einfach nur dumm.«

Lena: »Der hat dir gar nichts getan.«

Viola: »Ja genau. Wieso machst du das?«

Lukas und Momo lachten. Philipp schüttelte den Kopf. Niklas machte sich klein, um nicht ins Gespräch gezogen zu werden. Miriam musste Lucy zurückhalten, da sie einen kleinen Wutanfall bekam, als die beiden lachend einen auf unbekümmert machten. Sie hätte am liebsten Schnitzel aus ihnen gemacht.

Philipp und Niklas streichelten ein paar Köpfe der Hunde im Vorbeigehen. Niklas eher vorsichtig und zuckte dabei ein wenig herum. Ganz sicher war er sich nicht, doch er hatte sich vorgenommen seine Angst zu bekämpfen, indem er die Gefahr *streichelte* und *berührte*.

Die Kandidaten waren bei der Brüstung angelangt, wo sie in die riesige Eingangshalle hinunterschauen konnten. Bei den Stiegen kamen die Hunde hinauf und konnten hingehen wohin sie wollten. Kein Raum, der von der Eingangshalle wegmündete war verschlossen. Die ganze Halle war mit ihnen voll. Es war laut, es wurde viel markiert und beschnuppert.

Lena: »Ooooh, sind die nicht alle süß?«

Miriam nachdenklich: »Woher kommen die alle?«

Rosi: »Der muss ein Lager außerhalb haben.«

Lucy: »Vielleicht borgt er sich die aus dem Tierheim aus?«

Philipp: »Ich sehe keine Kampfhunde.«

Momo: »Doch. Da ist einer.«

Alle erschraken, außer Philipp. »Das ist ein Beagle auf den du da hinzeigst.« Alle waren wieder erleichtert, grinsten und lachten. Momo fühlte sich verarscht, wollte grad was sagen, als Rosi auf zwei andere Exemplare deutete, die gerade vom Speisesaal in die Halle reinkamen, und zögernd stammelte: »Und die beiden?«

Der Dompteur mit Schauerstimme: »Ein Dobermann und ein Pitbull. Die müssen aber nicht unbedingt aggressiv sein.«

Miriam: »Okay Leute. Gefahr. Wir sollten in die Zimmer zurücklaufen.«

Lena und Viola wurden panisch, begannen plötzlich schrill aufzuschreien und machten wirklich *alle* Hunde auf sich aufmerksam. Auch die beiden Kampfhunde hoben neugierig die Köpfe nach den Neulingen im Schloss. Jetzt brach Panik bei den übrigen Kandidaten aus.

Niklas wäre gleich der Erste weggewesen, da er den Braten gerochen hatte und sich eher im Hintergrund (wie immer in der Nähe des Fluchtweges) aufhielt. Er wurde aber von Lukas zurückgezogen und unsanft auf den Boden gerissen. Lukas und Momo liefen als Erste weg. Dann die schreiende Lena und Viola, gefolgt von Lucy und Rosi.

Miriam und Philipp halfen Niklas auf, mussten jetzt aber einen anderen Weg nehmen, als der Rest der Gruppe, da dichtes Gedränge der Hunde im Hauptgang herrschte. Die beiden Kampfhunde hatten die Emotionen der anderen geweckt, wenn es auch nur ein wildes Bellen und ein energisches Gerenne war. Eilends flitzten die Kampfhunde die Stiegen hinauf, um …

… um die Kandidaten zu zerfleischen, damit die Rangordnung und das Territorium geklärt wäre!

Sie sprinteten in irgendeinen hell beleuchteten Nebengang hinein. Es ging zweimal um eine Ecke. Hinter ihnen konnten sie bereits ihre Henker hören. Mit einem hätte es Philipp aufnehmen können, doch mit zwei war es zu gefährlich, da der andere währenddessen Miriam oder Niklas schwer verletzen hätte können. An Schlimmeres wollte er gar nicht denken.
»Hier rein!«
Er entschied sich für eine zufällige Tür, drückte die Klinke (sie war zum Glück nicht versperrt), stieß diese auf, ließ Miriam und Niklas reinstürmen und schmiss sie ohrenbetäubend krachend wieder zu. Zusätzlich warf er sich mit der Schulter dagegen, um einer möglichen Situation aus dem Weg zu gehen – der Situation, dass die Hunde Türklinken drücken konnten, was er nur allzu gut von Kunststücken aus dem Zirkus kannte. Doch sie kratzten, bellten, schnauften und verzogen sich dann wenig später nur.

Der Raum war schwach mit vielen flackernden Computer-Bildschirmen beleuchtet, obwohl niemand drin war, wie es schien. Man konnte nur schwache und verschwommene Silhouetten von der Einrichtung erkennen. Die Größe des Raums war aus dem Stehgreif nicht zu sagen.
Der Schlüssel steckte und Philipp drehte ihn um. Alle drei keuchten.
Philipp: »Ich glaube, sie sind weg. Warten wir noch?«
Miriam: »Hey, hast du mir gerade auf meine Titten gegriffen?«
»Was? Ich? Nein. Ich …«
»Ja du. Hast du sie noch alle? Wie kannst du an so was denken?«

Sie gab ihm mit der Handfläche eine Ohrfeige auf die Wange.

»Perverses Schwein!«

Philipp beteuerte weiter seine Unschuld und schrie:

»DAS WAR ICH NICHT!«

Sie hörten Schreie von Lena, Viola und von einem Jungen.

Lucy und Rosi standen in ihrem Zimmer und trappelten hektisch auf und ab. Eine harmlose Bracke und ein Dalmatiner waren gerade bei ihnen. Die Tür ging wie einem Salon auf und zu. Dauernd kam ein Hund rein oder ging wieder raus und jedes Mal setzten die Herzen der beiden jungen Damen einen Schlag vor lauter Schock aus, ob ein Kampfhund bereits den Weg zum Fleisch gefunden hatte.

»Wohin?«

»Keine Ahnung.«

»Man kann nichts versperren.«

»Schieben wir was vor die Tür.«

»Da gibt's nichts zu schieben. Nur das Bett.«

Beide starrten die Betten an. Selbst das Single-Bett von Rosi schien so schwer wie ein halbes Auto zu sein.

»Ich hab da vorher bei den Fenstern die breite Fensterbank ...«

Die Tür ging wieder auf und der Pitbull starrte sie mit noch engeren Augen an, als er eh schon hatte. Ein tiefes Knurren folgte.

»Die Idee mit der Fensterbank nehmen wir. LAUF!«

Beide hatten zwei Vorteile: Sie standen erstens nicht weit vom Fenster weg und zweitens brachte der Pitbull beim Losstarten keinen Grip am Holzboden zusammen. Er rutschte zwei Sekunden weg, was enorm wichtige Zeit für Lucy und Rosi war. Beide hatten Glück, dass das Fenster noch offen stand, sodass sie schneller rausklettern konnten. Sie hatten tatsächlich viel Platz am Fenstersims und schlichen wie ein Geheimagent an der Wand entlang, um vom bulligen Pitbull-Monster nicht erwischt zu werden. Dieser war keinen Moment später beim Fenster und bellte böse nach links und rechts, wo sich Lucy und Rosi aufgeteilt hatten.

»Verschwinde!«

Kurz musterte er die Gegebenheit mit der Fensterbank, bellte nochmal alle beide an und nahm dann als Zeichen seiner vorübergehenden Aufgabe seine Vorderpfoten von der inneren Fensterbank.

Rosi: »Bist du eh schwindelfrei?«

Lucy: »Jaja. Mach mir nur mehr Sorgen, wie lang wir das jetzt durchhalten müssen.«

»Einen großen Garten hat er.«

»Stimmt. Den können wir morgen bestimmt blind zeichnen.«

Rosi lugte vorsichtig durch das Fenster hinein.

»Pass auf, dass du nicht ausrutscht.«

»Ich halt mich eh an«, sagte sie langsam und griff auf einen Vorsprung in der Mauer. »Scheiße.«

»Was ist?«

»Er liegt am Bett und schaut mich an.«

»Hihi. Na toll.«

»Wenigstens ist es nicht kalt.«

»Ja. Toll.«

Sie hörten Schreie von Lena, Viola und von einem Jungen.

Lena und Viola schrien herum …

»Schieb das Kästchen hin!«

»Nein! Den Stuhl!«

» Jetzt komm!« »Beeil dich!«

»Aaahhh, sie kommen!« »Aaahhh, da ist einer! Schnell!«

»Aaahhh!« »Aaahhh!«

Lukas und Momo verteidigten sich gerade mit einem gemeinsamen Sessel gegen den wütenden Dobermann. Sie versuchten den Hund in Schach zu halten, indem sie den Stuhl – einer links, einer rechts haltend – zwischen ihnen hielten. »Ins Badezimmer!« »Schnell!« »Und wie verschließen wir?« »Ich glaub da war ein kleiner Schrank drin. Den schieben wir vor.« Sie gingen rückwärts zur Badezimmertür. Der Dobermann bemerkte den Fluchtversuch und griff an …

Niklas saß auf einem bequemen Drehsessel vor den Bildschirmen, atmete und bewegte sich kaum, als er die Schreie hörte. Zitternd fragte er: »Sind wir hier sicher?«

»Ja«, kam es von Philipp.

Miriam: »Sicher vor den Hunden. Nicht von Perversen.«

»He. Wie oft noch? Ich wa…«

Niklas wandte sofort ein: »Ich war das. Tut mir leid. Bitte schlag mich nicht. Ist eine Zwischenwette. Ich muss allen Mädchen auf den Busen greifen. Ich hab Angst vor Hunden.«

Miriam und Philipp starrten ihn mit großen Augen an und waren perplex. Die Schreie verstummten.

Sie hockten sich wortlos zur Wand gelehnt hin, warteten und lauschten den Schritten oder dem Bellen der Hunde, die hie und da zu hören waren.

»Aufwachen ihr Schlafmützen!«, schrie Bryan fröhlich. »Kaffee ist fertig!« Miriam, Philipp und Niklas, der in der Mitte der beiden saß, wachten zusammengekuschelt auf.

»Habt ihr euch verlaufen? Vor lauter Angst? I-i-a-a! Den anderen hab ich schon Bescheid gesagt. Die Warten schon im Essraum. Kommt ihr? Die Hunde sind weg."

Mit diesen Worten ging er aus der Tür. *Scheiße. Wieso vergesse ich immer den Computerraum zuzusperren?*

Sie rieben sich die Augen, standen auf und machten sich zum Weg in den Speisesaal. Vorsichtig drehten sie sich in jeden Gang hinein, doch die Hunde waren tatsächlich alle weg. Haare, Kratzspuren, ein paar Urinmarkierungen und ein paar Häufchen waren Beweise für die Realität von gestern. Unglaublich und verständnislos für diese Tatsache schritten sie voran. Miriam murmelte zu Philipp:

»Sorry wegen der Ohrfeige. War nicht so gemeint.«

»Schon vergessen«, sagte er freundlich zurück.

Niklas flüsterte zu seiner Vertrauensperson Philipp: »Ich glaub von dem Raum aus beobachtet er uns.«

»Ganz bestimmt«, sagte er grimmig.

Miriam, Philipp und Niklas betraten den Speisesaal im Erdgeschoss und sahen folgendes Bild:

Lukas und Momo saßen kreidebleich da, als hätten sie ein Gespenst gesehen. Momo hatte einen einbandagierten Fuß auf einem Hocker hochgelagert. Lucy und Rosi waren in Decken eingewickelt und hatten einen dampfend heißen Tee bei sich stehen, obwohl die Temperatur im Schloss recht angenehm war. Ihre Augen sprachen, dass sie nicht viel geschlafen hatten. Lena und Viola sahen nicht im Geringsten mitgenommen aus. Eher erholt.

Es war still bis jetzt, erst beim Betreten der letzten drei Kandidaten begannen die ersten Konversationen, indem Lucy aufsprang und zu Miriam hinlief und sie umarmte: »Ist euch was passiert? Ich hab euch aus den Augen verloren. Alles okay?«

»Ja, danke. Bei euch auch?«

»Wir sind draußen auf den Fensterabsätzen gestanden. Die waren Gott sei Dank so breit. Wo habt ihr euch versteckt? Der blöde Hund war fast bis 6 Uhr in der Früh in unserem Zimmer.

Rosi hob ihr Teehäferl, wie bei einem Trinkspruch und sagte zynisch: »Schjeah!«

»Es ist dann ein bisschen kalt draußen geworden, weil wir nur kurze Sachen angehabt haben und wir haben aufpassen müssen, dass wir nicht abrutschen.«

»Und nicht runterschauen.«

»Naja. Das haben wir aber irgendwie doch gemacht.«

Rosi lachte: »Stimmt. Wir haben *Ich seh, ich seh* gespielt.«

Sie blickten sich beide erleichtert und froh an, dass die Nacht vorbei war.

Miriam zu Lena: »Wo ward ihr?«

Die hohe Stimme 1 begann zu erzählen. Sie hatte nur auf diese Frage gewartet: »Im Bad. Das haben wir uns eingesperrt.«

Lucy verwirrt: »Das Bad ist zum Zusperren?«

Die hohe Stimme 2: »Nein. Wir haben das Kästchen vorgeschoben.«

Lucy und Rosi schauten sich an. »Wieso sind wir nicht drauf gekommen?«

»Hihi. Keine Ahnung. Das war nicht grad logisch von uns.«

»Egal. Wir haben auch, äh, überlebt.« Sie schüttelten ungläubig den Kopf.

Bryan kam aus der Küchentür mit einem Tablett auf dem drei Tassen Kaffee standen. Im Vorbeigehen fragte er höchst besorgt in Richtung Momo: »Alles okay? Verband ist eh nicht zu locker? Auch nicht zu fest?« Momo verneinte mit seinem Kopf. Alle blickten zu ihm. Bryan stellte die Tassen Kaffee zu den drei Neuankömmlingen auf den riesig-brachialen Tisch.

Niklas: »Ich mag keinen Kaffee.«

Bryan: »Oh. Magst du lieber Kakao?«

Niklas verlegen: »Äh. Ja bitte.« Er rechnete mit einem Gelächter, doch nicht mal von seinen Peinigern kam ein Spottlaut. Der Schock, dass eine süße Pudelnacht, mit der alles anfing, in eine zähnefletschende Kampf-hundenacht ausarten konnte, saß jeden noch im Knochen.

Für Bryan war die Reklamation und Neubestellung kein Problem. Er nahm nochmal die Tasse Kaffee mit in die Küche und kam fünf Minuten später mit einer neuen rauchenden Tasse zurück, in der sich jetzt Kakao befand.

Lena zu Momo: »Hat dich einer gebissen?«

Momo antwortete nicht. Bryan setzte sich wieder auf seinen Stammplatz an das Ende des Tisches und blickte freundlich lächelnd und wohl ausge-schlafen in die Runde. Auch bei ihm stand eine Tasse mit Kaffee, von der er genüsslich runterschlürfte. Absichtlich laut, sodass das Schlürfen im Raum widerhallte. »Aaaaaaaahhhh! Schmeckt ihr den *Jacobs Monarch*?« Die Kandidaten sahen ihn etwas entrüstet über sein seltsames Thema und sein kindisches Benehmen mit großen Augen an.

»Also. Ein Siebentel der Million habt ihr bereits verdient. Bravo. Wie war es? Leicht?«

Lukas wütend: »Mann. Mein Freund ist gebissen worden. Was ist da bitte leicht?«

Bryan kühl: »Ihr seid zu leichtsinnig gewesen und habt meine Warnung nicht ernst genommen. So eine Erfahrung habt ihr noch nicht erlebt, richtig? Was glaubst du, was sich Niklas immer denkt, wenn ihr ihn ver-prügelt? Oder ihr ihn zum Hund in den Garten werfen wollt? Schlimmes Gefühl, wenn man mal das Opfer ist, was?«

Lukas funkelte ihn wütend an. Momo stöhnte und streifte bei seinem Fuß hinunter.

Bryan: »Für alle. Momo wurde von einem Hund in das Bein gebissen. Ich habe seine Wunde um 6 Uhr dann versorgt. Es ist kein tiefer Biss. Du wirst keine Krankheiten davontragen. Habe alle geimpft. Keine Sorge.«

Rosi: »Wo sind die Hunde hin?«

Viola: »Gehören die alle dir?«

Bryan lächelte: »Ja klar gehören die mir. Wem denn sonst?«

Lena und Viola kicherten.

Rosi genervt: »Hallo? Wo sind die hin?«

Bryan gelangweilt: »Na weg. Die Hunde hören auf mich. Um 6 Uhr habe ich sie alle wieder zurück befohlen. So einfach ist das. Verstanden?«

Lucy: »Kommen die Hunde in der nächsten Nacht nochmal?«

Alle schwenkten mit dem Kopf und blickten wieder auf Bryan. Dieser lächelte, blickte kurz in seine Tasse Kaffee und dann wieder auf.

»Das ist eine Überraschung. Versteht ihr überhaupt keinen Spaß? Ich werde euch wieder einen Tipp geben, aber erst beim Abendessen.«

Rosi: »Das ist überhaupt nicht lustig, wenn Menschen verletzt werden. Das hätte …«

Bryan seufzte: »Noch schlimmer enden können? Ja. Hätte es. Wer nicht mehr mag, dem stehe ich nicht im Weg. Ihr könnt jederzeit gehen. Dieses ethische Moralgespräch muss ich irgendwie immer nach der ersten Nacht führen, aber egal.«

Er lächelte auf einmal: »Verdient euch doch draußen ein paar Dollars im Laufe des Lebens zusammen oder bleibt noch sechs Nächte und ich gebe euch jedem eine Million.«

Ganz betrübt plötzlich: »Wie ihr wollt. Ich gehe jetzt in mein Arbeitszimmer.«

Er sprang auf ein mysteriöses Gesicht um: »Ich glaube, die Ereignisse müssen sich erst setzen. Oder meine Worte. Die nächsten Nächte werden nicht leichter. Soviel kann ich euch schon verraten.«

Jetzt war er ernst: »Geht einer, ist die Wette für alle vorbei und ihr könnt alle heimgehen. Dann will ich aber niemanden von euch je wieder sehen!« Bryan wurde bei den letzten beiden Sätzen etwas energischer. Er stand auf und begann den Raum langsam zu verlassen.

Ein fröhlich Bryan klärte noch schnell auf: »So. Ihr dürft euch jetzt alles ansehen und überall hingehen im Schloss oder am Gelände, was nicht versperrt ist. Klar, oder? Seid neugierig. Vielleicht nutzt euch der eine oder andere Raum mal was in einer Nacht. Um 19 Uhr treffen wir uns wieder hier beim Abendessen. Verstanden? Wenn nicht, um 22 Uhr beginnt die Party auch ohne meinem Hinweis. Mittagessen könnt ihr in der Küche da hinten. Der Kühlschrank ist voll. Geht herum, seht euch um, bereitet euch auf das Ungewisse vor. Geht schlafen, tut was ihr wollt, mir egal. Wir sehen uns.«

Damit verabschiedete er sich von den Teilnehmern und verließ endgültig den Raum. Die Kandidaten saßen da, blicken ihm nach, solang man ihn sah und schwiegen für eine Minute. Sie tranken ab und zu von ihrer Tasse.

Lucy: »Alter, was war das?«

Rosi kicherte. Miriam grinste. Philipp schüttelte den Kopf. »Das ist glaub ich ein bisschen ein Psycho, oder?«

Lucy: »Ein bisschen? Das ist ja wie in einem Theater und der Millionär spielt alle Rollen oder so.«

Viola mitfühlend: »Tut der Biss sehr weh?«

Momo mitleidserhaschend: »Es geht. Ich glaub mein Schock ist schlimmer.«

Lucy verdrehte die Augen.

Miriam: »Was glaubt ihr kommt als nächstes?«

Bryan mit Schaufel und Besen ausgestattet, räumte einen Hundehaufen gerade im Hauptgang weg und murmelte leise:

»Immer diese Jungfernacht.«

Miriam, Lucy und Rosi wachten am späten Nachmittag in ihren Betten, wegen lautem Geschreie und Gelächter auf. Der Schlaf der Nacht, der ihnen entging, war ein wenig nachgeholt und so standen sie auf und gingen verschlafen zum riesigen Fenster, um den Grund des Getöses auszumachen. Sie erspähten Philipp, der gerade völlig nackt um das Schloss lief. Lucy sofort hellwach und amüsiert: »Das muss ich mir glaube ich genauer anschauen. Ich geh runter.«
Miriam und Rosi lachten.
»Wir kommen mit. Wir sollten dich unterstützen.«
»Ja. Keine Ahnung bei was, aber wir kommen mit.«

Vor dem Schlosstor standen bereits Lena und Viola an der frischen Luft und jubelten Philipp jedes Mal überschwänglich zu. Und da kam er schon wieder …
»Lauf näher her!«
»Jaaa, wir wollen mehr sehen!«
Sie bemerkten die anderen drei jungen Frauen.
Viola zu den Drei: »Philipp ist glaube ich harmlos. Der macht das nur wegen der Wette, aber der Momo ist ein echtes Arschloch. Der hat uns heute schon blöd angebaggert. Vor dem müsst ihr euch in Acht nehmen.«
Lena aufgebracht: »Ja. Dieses hässliche Riesenbaby. Niemand will was von dem. Seine Wunde dürfte schon verheilt sein, wenn er schon so blöd sein kann.«
Miriam, Lucy und Rosi zogen die Augenbrauen hoch, weil sie gerade etwas Ernstes von den Blondinnen gehört hatten – eine Warnung.
Philipp lief wieder vorbei.
Lena wie hypnotisiert:
»Gegen Philipp hätte ich allerdings nichts dagegen.«
Lucy: »Wie oft läuft denn der schon vorbei?«
Viola: »Ich glaube acht Mal schon.«
Miriam beiläufig: »Niklas muss uns allen einmal auf die Titten greifen. Das ist seine Wette. Meine hatte er schon in den Händen.«
Lena begeistert: »Was? Echt?«
Viola schrie und applaudierte wegen Miriams Satz: »Voll süß!«

»Wir sollten ihm sagen, dass er darf, wenn er mit uns das Geld teilt, das er dafür bekommt«, heckte die Blondine mit der anderen sofort einen Finanzplan aus.

Viola säuselte: »Jaaa! Voooll!«

Miriam grinste, Lucy verdrehte die Augen und Rosi runzelte die Stirn.

Philipp blieb schnaufend bei seinem Gewandhaufen stehen, der etwas abseits der Damen lag und zog sich schnell wieder an. Die Frauen applaudierten. Philipp grinste und verbeugte sich wie in der Manege nach einer Show. Aus einem Fenster weiter oben im Gruselschloss blickte Bryan hinaus und schrie: »Super gemacht! Wette bestanden!«

Alle blickten erschrocken zu ihm hinauf. Bryan lächelte spielerisch hinunter und zeigte seinen Daumen zu Philipp. Dieser bedankte sich mit einer Handgeste und blickte ihm neutral entgegen. Der Millionär deutete das *Beobachtungszeichen* zu den Damen. Die Fensterläden gingen wieder zu und des Millionärs Kopf verschwand wieder.

Philipp zu den Damen im Vorbeigehen: »Das war leicht. Habt ihr schon eure Wetten erhalten?«

Miriam und Lucy verneinten.

Rosi: »Ja. Kaffee über einen Gast schütten. Meinen Job als Kellnerin bin ich dadurch losgeworden. Deshalb hoffe ich auf die Million. Sonst kellnere ich im nächsten Restaurant.«

Miriam: »Ach ja, *das* war ja deine Wette.«

Philipp: »Wie weit würden wir für Geld gehen? Das sollten wir uns mal fragen.«

Lena: »Ich und Viola haben unsere Wetten schon erhalten und durchgeführt.« Viola lächelte sie erotisch an.

»War ein Kinderspiel.«

Philipp blieb stehen, um sich die gewonnene Wette noch anzuhören, bevor er in das Schloss zurückging.

Lucy verdrehte wieder die Augen: »Wissen wir schon.«

Lena verträumt: »Aber Philipp noch nicht. Wir beide mussten uns heiß küssen und berühren.«

Sie berührten sich liebevoll an den Armen und lächelten sich an. In Philipp kam Schamgefühl in Ausdrucksform von Röte im Gesicht hoch. Er runzelte die Stirn, lächelte verlegen und tat so, als wäre alles normal.

Zweite Nacht

Es war 19 Uhr. Alle außer dem Gastgeber saßen schon am großen Esstisch im Speisesaal und warteten.

Lukas zu Momo: »Was macht das Bein?«

Momo unter schmerzverzerrten Gesicht: »Es geht.«

Viola flüsterte zu Lena, obwohl man trotzdem jedes Wort verstand: »Wo ist unser sexy Millionär?«

Lucy verdrehte die Augen bei den Kommentaren. Miriam, Rosi und Philipp grinsten.

Lucy zu Lena: »Dieses Teil ist dir etwas zu klein, findest du nicht? Dein Busen quellt über.«

Viola verteidigte sich: »Mir gefällt es an ihr.«

Lucy: »Und dein Shirt passt ja gar nicht zum Minirock.«

Lena aufmüpfig: »Bist du sowas wie eine Modeexpertin?«

Lucy schnippisch: »Ja, das bin ich.«

»Wow. Echt? In welcher Firma arbeitest du?«

Lucy verdrehte die Augen: »Oh my god. Äh, bei *Forever Thirteen*.«

Da hörten sie Schritte in der Eingangshalle. Bryan kam fröhlich durch den Rundbogen ins Esszimmer.

Rosi flüsterte zu Miriam: »Da ist unser Dauerlächler.«

»Guten Abend zusammen.«

Die Kandidaten begrüßten ihn mit Vorsicht, bis auf Lena und Viola, die kreischten, wie wenn ein Popstar zur Tür reinkäme. Er ging zu seinem Platz am Tisch und grinste sie alle wie ein Gewinner an.

»Alles klar?«

»Sag uns was kommen wird«, sprach einer aus, während es alle anderen dachten.

»Jetzt schon?«

Er blickte in die Runde und alle nickten bestätigend. »Okay. Wie ihr wollt. Wenn ihr nicht warten könnt bis nach dem Essen …«

Er räusperte sich und sprach wie ein Dichter:

»Einige von uns kriechen und einige laufen. Wir können Wände hochgehen und auf der Decke kleben. Wir können in die kleinsten Löcher schlüpfen, durch den engsten Spalt passen wir. Gift, Erdrücken oder unsere Erscheinung löst Unbehagen und Tod aus.«

Momo: »Da reimt sich ja nichts.«

Lucy: »Das können nur Spinnen und Schlangen sein, nicht?«

Miriam: »Bestimmt. Das war jetzt nicht schwer.«

Bryan: »Ich glaube ich sollte über meine Rätsel mehr nachdenken. Egal. Von Nacht zu Nacht wird es schwieriger. Erwähnte ich das schon?«

Lucy lachte: »Na solange deine Tipps so leicht bleiben, um uns vorzubereiten.«

Alle lachten. Auch Bryan. Der lachte am Lautesten. Alle verstummten nach einer Weile. Bryan nicht. Der lachte weiter. Nach ewigen Sekunden des Wartens hörte auch er auf.

Bryan in Richtung Lukas und Momo wieder ernst: »Würdet ihr beiden uns das Essen holen? Es ist alles fertig und steht in der Küche.«

Momo flüsterte zu Lukas während sie in die Küche gingen: »Wie können wir uns vorbereiten? Verbarrikadieren?«

Lukas: »Mental du Pflaume.«

Rosi zum Millionär: »Wer kocht eigentlich?«

»Na ich. Wer denn sonst?«

Lucy misstrauisch: »Hast du kein Personal?«

Bryan blies stark aus, da er die viele Arbeit vor Augen hatte: »Einen Gärtner habe ich. Sonst würde ich die Haushaltstätigkeiten in diesem Riesenschloss nicht schaffen.«

Lucy: »Ich schaffe es nicht einmal meine Wohnung zusammen zu räumen. Aber ein Schloss?«

»Ja, ich gebe ja zu, dass das Schloss gereinigt und geputzt wird zwischen den Partys, also vor und nach den sieben Nächten. Aber das Kochen übernehme immer ich. Während der Nächte übernehme ich die grobe Reinigung.«

Lukas und Momo kamen wieder und stellten eine Riesenpfanne mit Braten und einen Topf mit Nudeln auf den Tisch. Sie gingen abermals in die Küche und holten noch mehr Speisen.

Nach dem weiteren Servieren wurde beinahe ohne Worte gegessen. Danach …

Bryan fröhlich: »Aahh. Das war gut. Hat es euch geschmeckt?«

Es nickten alle.

Viola: »Du kochst hervorragend.«

Lena: »Ja, finde ich auch.«

Lucy bekam ein gleichgültiges Gesicht und ihre Augen gingen halb zu. Miriam, Rosi und Philipp bemerkten die Geste und grinsten.

Bryan: »Wie war euer Tag? Was habt ihr heute gemacht? Habt ihr euch im Schloss umgesehen? Wie geht es deinem Bein?«

Bevor Momo oder jemand anderer was sagen konnte, fiel Philipp ins Wort hinein: »Ich habe meine Zwischenwette erfüllt.« Er lief dabei ein wenig rot an.

Bryan grinste: »Natürlich. Stimmt. Ja. Das war klasse. Augenblick.«

Er kramte in seiner Hosentasche herum und zückte ein paar Hundert Dollar Scheine hervor. »Was war ausgemacht?«

»Äh, eigentlich nur …«

»Ach egal. Behalt den Rest.«

»O-okayyy. Von mir aus. Danke.«

»Kein Problem. Gerne.«

Die anderen starrten ungläubig, als Philipp sein Geld einsteckte.

»Brauchst du für den Zirkus, nicht?« Dieser nickte.

»Wie sieht es mit den anderen Zwischenwetten aus? Ich habe irgendwie den Überblick verloren. Haha.«

Lucy betroffen: »Ich habe noch keine erhalten!«

Lukas: »Ich auch noch nichts.«

Viola mit erotischer Stimme: »Niklas. Wir haben von deiner Wette gehört. Du kannst zu uns auf das Zimmer kommen, wenn du deine Zwischenwette erfüllen möchtest.«

Lena wackelte sexy mit ihrem Oberteil: »Ja genau.«

Momo lüstern in Richtung der Blondinnen: »Kann ich mit auf euer Zimmer kommen? Ihr wisst ja schon, was ich als Zwischenwette bekommen habe.«

Lena eklig angerührt, streckte ihm die Zunge raus: »Ääähhh!!!«

Viola verzog ebenfalls das Gesicht: »Pfui. Na sicher nicht. Du stinkst. Such dir eine andere, du Affe.«

Gelächter bei Miriam, Lucy, Rosi, Philipp und sogar bei Lukas. Bryan und Niklas grinsten. Niklas versank dabei aber im Sessel vor lauter Peinlichkeit, Schamgefühl und wurde rot im Gesicht wie eine Tomate. Hauptsächlich machte er sich aber klein, damit er Momo nicht in die Augen fiel. Dieser suchte schon nach anderen Opfern in der Runde. Miriam blickte ihn giftig an. Lucy deutete ihm einen Dachschaden. Rosi zeigte ihm den Mittelfinger. Momo wurde wütend von Philipps Gelächter.

»Willst eine in die Fresse, Zirkusjunge?«

Philipp verstummte und wurde ernst. »Versuch es doch. Aber nimm lieber deinen Kumpel mit du Feigling.«

Lukas blickte ihn böse an. Bevor Momo aufstand und völlig ausrastete, konterte Miriam an Bryan: »Hat hier eigentlich jeder was Perverses gekriegt? Was bist du für ein Mensch?«

Rosi neutral: »Ich nicht. Ich hab was Brutales bekommen. Ich musste einen Menschen verbrühen.«

Bryan antwortete Richtung Rosi: »Haha. Das war lustig mit dem Kaffee.« Dann zu Miriam: »Was ich für ein Mensch bin, weiß ich bereits. Ihr wisst noch nicht, was *ihr* für ein Mensch seid. Erst gegen Ende der Woche wird man wissen, wer ihr wirklich seid. Geld verändert den Charakter.«

Lena: »Meinen bestimmt nicht.«

Viola: »Meinen auch nicht.«

Miriam: »Geld verdirbt den Charakter.«

Bryan vernünftig: »Ach kommt. Erfreut euch doch an den Peinlichkeiten. Ihr bekommt ja dafür Geld. In der Außenwelt verdient ihr euch das schwerer. Jetzt lasst mich lachen.«

Miriam streng: »Wenn die sich die Köpfe einhauen, kannst du lachen? Wieso veranstaltest du nicht gleich ein Wrestling-Match?«

Ein bisschen ernster, dennoch zu spaßen aufgelegt, gab Bryan von sich: »Du scheinst wohl die Vernünftige in der Runde zu sein?«

Alle blickten von Miriam zu Bryan und umgekehrt und dachten sich schon: Uuuhhh, mutig!

»Du hast deine Zwischenwette noch nicht erhalten? Hier kommt sie.«

Er deutete auf das Geschirr, wo der Braten drin war.

»Ich will, dass du den Bratensaft austrinkst. I-i-i-a-a-a!«

Alle beugten sich über das Geschirr und beäugten den fetten Saft.

Miriam protestierend: »Für kein Geld der Welt. Das ist ja völlig ungesund.«

Bryan imitierte nach: »*Völlig ungesund.* Tausend Dollar. Alles austrinken.«

Rosi: »Das würde ich sofort machen. Ist ein halber Liter ungefähr. Das schaffst du Miriam.«

Sie antwortete wütend: »Und wie lange muss ich laufen gehen, dass ich das wieder unten habe? Das ist eine völlig sinnlose, blöde Wette.«

Lukas zu Bryan: »Darf ich das machen?«

Bryan: »Nein. Setz dich wieder.«

Anschließend blickte er zu Miriam. »Also? Trinkst du?«

»Nein.«

Alle blickten wieder zu Bryan, wie er sie wieder zu Höchstleistungen antrieb. Er bekam eine Fratze wie Luzifer höchstpersönlich und sprach: »Okay. Machen wir es anders. Du bekommst dafür nichts, sondern ihr dürft alle bleiben. Wenn du es nicht trinkst, geht ihr alle. Und ihr geht alle mit *leeren* Taschen nach Hause.«

Er wusste, dass er damit Wut, Hass, Missgunst, Neid und sonstiges heraufbeschwor. Miriam fühlte sich beobachtet. Im Nu war eine andere Atmosphäre am Tisch nach des Millionärs Worten.

Lukas und Momo ballten ihre Hände zu Fäusten und legten sie sichtbar auf den Tisch. Grimmig starrten sie Miriam nieder. Rosi und Philipp blickten sie bittend an und wollten sich eher neutral verhalten. Niklas machte sich unsichtbar, so gut er konnte und wollte lieber keine Partei ergreifen.

Lukas: »Trink die Scheiße!«

Momo: »Ja, trink die Scheiße!«

Lena: »Komm jetzt. Das fällt bei dir ja nicht mehr ins Gewicht.«

Miriam schnaubte: »Hast du gerade gesagt, dass ich fett bin, du Schlampe?«

Viola: »Wenn du das nicht trinkst, dann hetze ich dir, äh, meine sämtlichen Kontakte auf die Pelle.«

»I-i-i-a-a-a. Was für eine amüsante Drohung. Sämtliche Kontakte!«

Lucy ernst: »Komm schon Miriam. Trink es jetzt. Du kannst es dann ja wieder auskotzen.«

Bryan: »Sämtliche Kontakte – Das muss ich mir merken. Haha. Wir warten Miriam. Ich schmeiß euch gleich alle raus!«

Lukas: »Sauf das jetzt oder dir wird was zustoßen.«

Philipp, der Rächer: »Dir dann aber auch.«

Bryan flüsterte über den Tisch, sodass es trotzdem alle hören konnten: »Ich glaube, die wollen dich töten! Ist schon mal vorgekommen, dass ein Teilnehmer abgebrochen hat, nach einer Nacht. Alle gingen leer aus. Wenig später fand man ihn in einem Wald wieder. Tot. Ich vermute, die beiden hier (er deutete Richtung Lukas und Momo) haben Ähnliches vor. Die Kandidaten, die ihn töteten dürfen nie wieder antreten. Sie fragen mich heute noch. Doch ich will immer neue Gäste haben.«

Niklas piepste: »Was?«

Bryan besessen: »Ja, kleiner Mann. Einige Menschen würden andere Menschen für Geld töten. Wusstest du das nicht? Das meine ich mit Geld verändert den …«

»ICH TU ES JA!«

Alle schnauften erleichtert durch. Die Anspannung legte sich wieder. Miriam schnappte sich die Schüssel, setzte sie auf die Lippen und kippte die Flüssigkeit hinunter. Im Hintergrund hörte sie von ein paar Kandidaten dumme Saufsprüche und vom Millionär Gelächter.

Miriam kniete bei der Kloschüssel in ihren zugewiesenen Räumlichkeiten und kotzte mit tränenden Augen das Bratenfett wieder aus. Lucy hielt ihr die Haare zurück.

Rosi: »Es ist gleich 22 Uhr.«

Lucy blickte zu Rosi auf: »Ich glaube das ist der Rest. Mehr kann die echt nicht mehr im Magen haben.«

Miriam mit einem Speichelfaden bis in die Kloschüssel: »So ein Arschloch.«

Dann spuckte sie, stand wackelig auf, Lucy hielt sie noch immer ein wenig fest und ging mit ihr zur Waschschüssel, um sich den Ekel aus dem Gesicht zu waschen.

Lucy: »Zähne putzen solltest du auch gleich.«

Miriam etwas zickig: »Hätte ich eh gemacht. Kannst mich schon loslassen.«

Rosi aufgeregt: »Leute! Ich glaube es fängt an!«

Lucy: »Wieso?«

»Da kommen lauter Spinnen aus dem Lüftungsrohr«, zeigte sie an die Decke. Lucy runzelte die Stirn. »Wie kann man auf Kommando Spinnen ausschicken?«

Rosi machte ein ratloses Gesicht: »Keine Ahnung.«

Miriam schrie aus dem Badezimmer kurz und spitz auf. »Was ist?«

Bevor noch ihre Zimmergenossinnen zu ihr eilen konnten, war sie schon bei ihnen und berichtete nebenbei: »Spinnen aus der Wasserleitung. Hab mich im ersten Moment nur erschrocken.« Dann starrte auch sie an die Decke, wo sich die Spinnen in Windeseile verbreiteten.

»Habt ihr schon Schlangen gesehen?«

»Nein. Hat gerade angefangen.«

»Habt ihr Angst vor den Viechern?«

»Es geht. Angreifen muss ich sie nicht.«

»Geht bei mir auch so. Wenn es sein muss, steige ich auf sie drauf oder kicke sich weg.«

Lucy: »Ich hab auch nicht wirklich Angst. Es sei denn, dass eine giftig ist.«

Miriam: »Kennst du die giftigen?«

Lucy: »Nein. Ein bisschen blöd halt. Deshalb Respektabstand einhalten.«

Rosi: »Gesagt hat er aber, dass welche dabei sind.«

Miriam argwöhnisch zu Lucy: »Du hast keine Angst vor Schlangen, nur vor den giftigen, weißt aber nicht, welche giftig sind. Aha. Und vor was für Schlangen fürchtest du dich dann?«

Lucy zuckte mit den Schultern: »Na die mit einem abschreckenden Muster. Rot-schwarze und so.«

Rosi: »Und giftige Spinnen?«

Lucy lauter: »Einfach Abstand halten und kein Viech angreifen.«

Miriam grinste: »Gehen wir woanders hin?«

Lucy fast gelangweilt: »Und wohin, wenn die aus jeder Ritze kommen?«

Da hörten sie Schreie, die unmissverständlich von den beiden Blondinnen Lena und Viola kamen.

Rosi lächelte: »Das sind unsere beiden Blondies.«

Lucy grinste: »Warum wundert mich das nicht?! Das Klischee geht weiter.«

Miriam auch lustig drauf: »Ich wette, dass sie gleich herein geplatzt kommen.«

Nicht einmal zehn Sekunden später, platzten nach einem lauten Gepolter, die beiden Mädchen zur Tür hinein.

»Spiiiiiiiiiiiiinneeeeeeeeeen!!!«

»Iiiiiiiiiiiiiiiiiiiihhhhhh!!!«

»Vom Schreien gehen die auch nicht wieder weg.«

»Was machen wir, wenn jetzt Schlangen kommen oder einfach andere giftige Amphibien?«

Lucy maliziös zu den Blondinnen: »Kästchen vorschieben geht nicht. Die kommen aus jeder Luke rein.«

Lena und Viola, die einen 180er-Puls hatten, quasselten im Durcheinander:

»Sind ins Bad ...«

»Dann aus dem Abfluss ...«

»... bei der Heizu...«

»... drin sind wir ...«

»Jaja, jetzt beruhigt euch mal. Stellen wir uns zusammen«, so Lucy barsch, die wieder genervt von ihren Stimmen war.

Sie standen in einem Fünferkreis Rücken an Rücken und beobachteten die kleinen Tiere, wie sie den Raum einnahmen. Lena und Viola griffen auf Miriams und Rosis Hände vor lauter Angst.

Miriam wäre wegen der Worte beim Abendessen eigentlich noch nachtragend zu den beiden gewesen, wenn es eine normale Situation gewesen wäre. Doch diese Partynächte waren alles andere als normal. Folge dessen und aufgrund der Tatsache, dass sie die beiden als dumme hirnlose Hühner abstempelte, strich sie ihre bösen Gefühle von die beiden.

Miriam langsam: »Ich hab eine Idee.«

Lucy: »Aus dem Zimmer mal gehen, oder?«

»Das schließt meine Idee mit ein.«

Sie verließen den Raum und betraten vorsichtig den Gang. Auf den Wänden entdeckten sie kleine grüne Eidechsen, dich sich rapide schnell bewegten. An den grauen Wänden konnte sie sich nicht tarnen. Lena und Viola kreischten beim Anblick.

»Jetzt hört mal auf zu Schreien. Die tun doch einem nichts. Die sind harmlos«, kam es von der genervten Lucy.

Lena weinerlich: »So harmlos wie die Hunde?«

Viola kopierte: »Ja, harmlos.«

Lucy hielt die Hand hin und eine Eidechse lief ihr darüber. »Seht ihr?«

Miriam zu Rosi, sodass es alle hören konnten: »Hat sie uns im Zimmer nicht erklärt, wie war das? Respektabstand und nicht anfassen?«

Lucy lachte: »Die sind grün. Nicht rot. Und nicht schwarz.«

Rosi lachte auch: »Also gehen wir jetzt fix nach der Farbe. Sehr intelligent muss ich sagen. Grün ist also positiv.«

Lucy lachte noch stärker: »Ich greif ja eh nichts mehr an.« Sie blickte auf ihre Hand. Miriam verging das Lachen kurz: »Ist was?«

Lena hysterisch: »Sie ist gebissen worden!«

Lucy schrie: »Nein! Bin ich nicht! Halt jetzt deine Klappe.«

Rosi seelenruhig: »Hat dich was gebissen?«

»Ne. Es juckt ein bisschen. Wird schon nichts sein.«

Miriam lachte und schüttelte den Kopf.

Rosi in Richtung Miriam: »Was war deine Idee noch gleich?«

Da tauchten Philipp und Niklas keuchend aus ihrem Zimmer auf.

»Wir haben Schreie gehört. Alles in Ordnung? Wohin geht ihr?«

Lucy verwundert: »Jetzt habt ihr erst die Schreie gehört?«

Philipp deutete in ihr Zimmer: »Ein paar Skorpione haben uns den Weg versperrt. Wir haben uns *freischaufeln* müssen.« Niklas stand *Schock* ins Gesicht geschrieben. Philipp wirkte konzentriert.

Miriam: »Ich wäre gerade in den Computerraum von letzter Nacht gegangen.«

Philipp: »Gute Idee. Ich glaub, da dürfte nichts drin sein.«

Lucy: »Okay. Beeilen wir uns lieber. Da kommen großen Spinnen. Seht ihr?« Sie deutete auf ein paar Löcher im Gemäuer, wo gerade die haarigen Riesentaranteln und Vogelspinnen freudig hinauseilten.

»Seit wann sind da Löcher?«

»Stimmt. Die waren vorher nicht da«, antwortete Philipp und untersuchte den Rand eines Loches, wo weniger Getier rauskam. »Das ist ein Türchen. Die sind vermutlich überall in der Wand eingebaut, extra, dass die Kriechtiere rauskönnen. Der muss da eine Zwischenwand haben.«

Da stürmten plötzlich Lukas und Momo aus dem Zimmer.

»Hat dich die erwischt?«

»Nein. Dich?«

»Nein!«

Rosi zu Lucy: »Die hätten wir jetzt irgendwie vergessen, was?«

»Irgendwie ja.«

Lukas hörte die feindseligen Worte nicht und fragte mit seltsam geschwungener Stimmlage: »Habt ihr einen Plan?« Die Frage nach Hilfe lag ihm gar nicht. Das Eingeständnis der Hilflosigkeit.

Momo hektisch, der weniger darüber nachdachte, wie er sich vor ein paar Stunden verhalten hatte: »Dürfen wir uns anschließen?«

Miriam kühl: »Klar.«

Das Abendessen hatte sie im wahrsten Sinne des Wortes nicht verdaut. Bei Lena und Viola war das was anderes. Aber bei der Bösartigkeit der beiden Jungs, vor allem *wie* die Botschaft durch sie rübergekommen war, hätte man vermuten müssen, dass nicht mehr viel fehlte und sie handgreiflich geworden wären.

Die anderen blicken ebenfalls nicht begeistert drein, als die beiden sich anschlossen. Außer Lena und Viola, da sie nicht ganz bei der Sache waren und schon vorwärts drängten.

Gemeinsam gingen sie in Richtung Computerraum, der wieder offen war, machten die Tür auf, gingen hinein und schlossen von innen die Tür zu. Zufällig und ganz unauffällig saß Bryan am Drehsessel und beobachtete ihre raschen Tätigkeiten. Dieses Mal brachten aber nicht nur die laufenden Bildschirme das Licht in den Raum, sondern auch fünf moderne Spotlampen an der Decke.

Als ihn endlich alle realisierten begrüßte er sie herzlich:

»Ihr könnt ruhig hier bleiben. Aber ich muss euch dazu sagen, dass bei mir die giftigsten und schnellsten Schlangen lauern. Schwarze Mambas zum Beispiel.

Viola: »Da habe ich mal einen Film gesehen von einer schwarzen Mamba. Da sind am Schluss alle gestorben.«

Lena panisch: »Was? Wirklich? Alle?«

Momo ebenfalls angsterfüllt: »Ohne Scheiß?«

Lucy wütend: »Und du bist natürlich immun dagegen, du Schlangenbändiger?«

Bryan wandte sich wieder fröhlich seinen Bildschirmen zu und betätigte emsig die Tastatur. »Natürlich bin ich das. Ich trage das Gegengift in mir. Ich injiziere jeden Tag! I-i-i-a-a-a!«

Er drehte sich beim Lacher wieder um und weinte jetzt sogar Tränen vor lauter Belustigung.

Rosi langsam: »Der ist komplett krank.«

Bryan imitierte eine Schlange mit seinen Händen nach, als würde sie zuschnappen und auch das Geräusch dazu. Er blickte anschließend unter den Tisch und sagte: »Ich glaube, da kommt schon eine. Ah, das ist glaube ich meine tödliche Todesgiftviper. Eine der giftigsten Schlangen der Welt.«

Die Kandidaten warfen sich gegenseitig einen Blick zu.

Lukas: »Ein Scherz?«

Philipp: »Ich weiß nicht recht.«

Tatsächlich kam eine orangene Schlange mit Zackenmuster, dass man von Backgammon kannte, unter dem Tisch hervorgekrochen.

Lena und Viola kreischten panisch und liefen beinahe gegen Tür. Niklas (am nahesten beim Fluchtweg) war schneller, sperrte auf und drückte die

Klinke runter. Alle anderen Kandidaten verließen ebenfalls fluchtartig eiligst den Raum, da niemand Bryan durchschauen konnte, ob er log oder ob die Wahrheit erzählte. Philipp schmiss als Letzter die Tür ins Schloss.

»Tödliche Todesgiftviper, was tust du hier? Komm her«, sagte er zur harmlosen Kornnatter, hob sie auf und strich ihr wie ein Kung Fu Profi des Schlangenstils über den Kopf und den Körper. Die Kandidaten hörten den Millionär lachen.

Lukas gehetzt: »Was jetzt?«

Philipp: »Keine Ahnung. Überlegen wir ruhig.«

Lucy: »Ruhig?«

Spinnen, Schlangen, Eidechsen und sogar Frösche waren in verschiedensten Farben und Größen am Gang bereits anzutreffen.

Die Anzahl – rasch vermehrend!

Momo panisch: »Ist hier schon etwas giftig?«

Lukas verlor die Nerven und schrie: »Keine Ahnung. Woher soll ich das wissen? Ich bin kein Schlangenforscher.«

Viola mit angsterfüllter Stimme: »Der wäre jetzt echt hilfreich.«

Lena mit angsterfüllterer Stimme: »Ich glaube die können dein Blut vom Fuß riechen.«

Momo noch panischer: »Was? Wirklich?«

Lucy schnaubte: »Einen Scheiß können die!«

Rosi ganz ruhig: »Oh doch. Das können die glaube ich. Die Schlangen nehmen das über ihre gespaltene Zunge auf.«

Miriam: »Laufen wir den Gang runter und sehen wir zu, dass wir in den Garten kommen. Da sollte nichts sein.«

Lukas querdenkend: »Wer sagt das?«

Lena schrie: »Ich will weg von hier!«

Viola schrie: »Ich auch!«

Vom Computerraum hörte man wieder Bryan lachen. Miriams Zorn kam zu Lukas durch: »Tu doch was du willst du Arschloch. Ich bin draußen und bleibe dort, bis der Spuk vorbei ist.«

Philipp, der Oberlehrer: »Sie hat Recht. Der Garten ist groß. So viele Tiere kann man gar nicht haben, um den zu besetzen.«

Sie begannen alle, weil niemand eine bessere Idee hatte, den Gang hinunter zu laufen, im Wissen, dass niemand wusste, wohin der überhaupt führte. Währenddessen spielte Bryan in seinem Computerraum Klavier auf der Tastatur. Die *tödliche Todesgiftviper* schlängelte sich um seinen linken Arm. »Befreien wir doch deinen dicken Bruder. Mal sehen, wie sie mit dem Würger klarkommen. Dann schicken wir die toxischen Tiere rein«, sagte er zu seiner Natter.

Als er mit der Eingabe fertig war, ging er zur Tür und versperrte sie. *Wieso vergesse ich das immer? Jedes Mal dasselbe.*

Draußen am Gang liefen die Kandidaten um ihr Leben und achteten dabei, auf keines der Tiere zu steigen. Selbst Momo konnte hinkend gut mithalten, da sie immer wieder abbremsen mussten, um eine Entscheidung mit der Richtung zu treffen.

Miriam: »Da vorne ist eine Treppe.«

Philipp: »Die führt hinunter!?«

»Sehe ich nicht. Wir müssen hier durch, dann runter. Hast eine bessere Idee?«

Die bessere Idee kam zustande, indem Philipp eine schwere Tür öffnete, die zufällig neben ihm verbaut war, den Kopf in den Raum reinstreckte und ihn für *perfekt* ansah. »Warten wir hier drin, bis die Nacht vorbei ist? Da sind keine Lüftungen und keine Rohre verbaut. Da gibt's nur den Türspalt.«

»Ne, nicht mal das. Das muss ein Panikraum sein.«

»Wieso sollte der offen stehen? Der will, dass wir da reingehen. Da sitzen wir dann in der Falle.«

Bryan sah alles über das elektrische Auge. *Fuck. Wieso ist der Panikraum nicht abgeschlossen?* Er stand auf, wollte schon zur Tür, als er ein paar Sekunden innehielt und sich wieder zurück zum Bildschirm bewegte.

»Und wenn es ein Versehen war?«

»Keine Lüftung? Wie bekommen wir da Luft? Ist das nicht luftdicht?«

»Die Luft da drin reicht, bis es Morgen ist.«

Alle Kandidaten standen im quadratischen Raum, der einen Durchmesser von zehn Meter hatte, und betrachteten die einfache Einrichtung von einem Tisch und zehn Stühlen. Alles war aus Eisen und im Boden verankert. Sonst gab es nichts darin, bis auf den Lichtschalter, der oben an der Decke, die drei Meter hoch war, eine dicke Glühbirne zum Leuchten brachte. Sie schien direkt in der Deckenplatte in eine Fassung eingebaut worden zu sein, da sie von keiner Kette oder Faden runterbaumelte. Der Raum hatte keine Fenster, nur kalte graue Wände.

»Wer ist dafür, dass wir hier bleiben?« Ratlose Gesichter, die schwach nickten waren die Antwort.

»Gut. Dann mach ich jetzt zu«, sagte Philipp und tat wie er sagte. Ein schwerer Riegel war der Verschlussmechanismus.

Sie nahmen auf den Stühlen Platz und lauschten dem Nichts.

»Wie spät haben wir es?« »1 Uhr.«

»Wie lange bleiben wir hier drin?«

»Bis 7 Uhr hätte ich gesagt. Was sagt ihr?«

Ein verallgemeinertes Raunen kam zurück.

Bryan wippte nickend. »Okay. Dann machen wir es anders.«

»Wie spät?« »Halb 5.«

Rosi, Lena und Niklas saßen am Boden gegen die Wand gelehnt. Miriam und Lukas saßen direkt am Tisch, hatten die Füße auf einem Stuhl und stützten ihren Kopf in ihre Handfläche ab. Lucy lag ausgestreckt am Boden. Viola und Momo saßen schief am Stuhl. Nur Philipp ging Runden. Alle waren sehr müde und hatten kaum ein Auge zugetan.

Momo: »Stört es euch, wenn ich in die Ecke pinkle?«

Lucy bewegte nur ihren Mund: »Ja. Es stört uns.«

Rosi: »Ja. Stört.«

Lena: »Stört.«

Viola: »Stört.«

Eine Minute tat sich wieder nichts.

Momo: »Zicken.«

Lucy: »Riesenbaby.«

Philipp: »Hört auf.«

Plötzlich klopfte es zweimal zaghaft. Alle Köpfe riss es in Richtung Tür. Der Puls ging hinauf. Die Augen wurden groß. Niemand sagte was.

74

Niklas schüttelte es ein wenig. Rosi versuchte ihn zu beruhigen: »Ganz ruhig. Wir sind hier sicher.«

Lukas flüsterte zu Philipp: »Frag wer da ist.«

Lucy lachte: »Wieso fragst du nicht selbst?«

Miriam lachte auch: »Und wer soll draußen sein, außer Bryan?«

Der Rest grinste und kurz war das gruselige Feeling vergessen.

Da ging plötzlich das Licht aus und die Angstgefühle waren stärker als vorher zurück. Es wurde hektisch im Panikraum …

»Dreh sofort das Licht wieder auf!« »Das hat niemand abgedreht!« »Geh zum Lichtschalter!« »Bleibt wo ihr seid!« »Lucy steh auf, sonst steig ich auf dich drauf!« »Jaja. Keine Panik im Panikraum.« »Ich bin bei dir Niklas. Keine Angst. Da kommt keiner rein.«

Philipp stand beim Lichtschalter und drückte rauf und runter: »Das Licht geht nicht. Dreht die Handylichter auf.«

Ehe jemand ein Licht am Handy aktivieren konnte, klopfte es wieder zweimal, nur war es dieses Mal lauter und man hatte das seltsame Gefühl, es kam von innen. Ein paar Sekunden sagte niemand was. Ein mulmiges Gefühl überkam sie.

»Äh, war das gerade hier?«, fragte Lucy gar nicht mehr so selbstsicher. Momo: »Ich glaub ich hab mich jetzt angepinkelt.« Niklas piepste: »Ich will hier raus!« »Dreht die Taschenlampen am Handy endlich auf!«

Vier Lichter gingen an und leuchteten den Raum beinahe vollständig aus.

»Verteilt euch jeder in eine Ecke, dass wir alle sehen können.«

Philipp sah plötzlich einen zehnten Schatten in Menschengröße. An seinem ganzen Körper stellten sich alle Haare, egal welche Länge sie hatten, auf. »Scheiße!«

»Was scheiße?« »Da ist doch …«

Er schritt eiligst den ganzen Raum ab, konnte aber nur noch neun Personen feststellen. »Ich dachte, dass da jemand anderes noch war.«

Die Personen mit Handytaschenlampe standen jetzt in der Ecke und man konnte alles halbwegs gut erkennen. Alle die hier drin waren, gehörten auch hier her. Neben Rosi kratzte etwas. Sie war eine Handyperson und leuchtete hinunter. »He, da ist ein Loch aufgegangen.« Sie leuchtete hinein. »Da ist ein Tunnel.«

»Bleibt stehen wo ihr seid!« Alle blickten zu Philipp.

Lucy: »Na? Nach ein paar Stunden im Panikraum schon paranoid?«

»Er will dass wir da hineinkrabbeln.« »Hihi! Wer sagt das?« »Na das ist eindeutig.« »Da schickt er die Tiere zu uns rein!« »Ich will raus!« »Ich auch!« »Ich auch!« »Bitte gehen wir raus! Scheiß drauf! Ich will lieber von Schlangen gebissen und von Skorpionen gestochen werden, als mit euch hier noch eine Stunde zu warten!« »Bitteschön. Dann gehen wir, wenn das alle wollen.« »Der schickt da bestimmt Tiere durch den Tunnel rein!« Lukas schob den Riegel zur Seite, öffnete die Tür und grelles Licht vom Gang traf ihre empfindlichen auf Dunkel eingestellten Augen.

»Ist jemand draußen?« »Nein.« »Schlangen?« »Auch nicht. Kein Tier zu sehen.«

Mehr oder weniger stürmten sie aus dem Panikraum und blickten den Gang hinauf und hinab.

»Und wohin jetzt?«

»Plan A. In den Garten. Wie ich am Anfang gesagt habe. Was ihr *jetzt* tut ist mir echt egal.«

Lucy zu den anderen: »Ja. Mir egal. Miriam und ich ziehen unseren Plan jetzt durch.« Rosi lachte: »Wir machen eh mit.«

Philipp: »Und wo geht man in den Garten?«

Miriam fauchte: »Keine Ahnung«, und stapfte los.

Da ging die schwere Tür des Panikraums zu und der Riegel wurde innen vorgeschoben. Alle drehten sich um, sahen was passierte und Niklas rannte vor lauter Panik los und die anderen taten es ihm sofort gleich.

Bryan im Panikraum: »In der zweiten Nacht schon so ein Stress. Ich sollte mehr Geld verlangen oder einfach keine dummen Fehler mehr machen.« Nach zwei Minuten der Bewegung blieben sie bei einer Weggabelung in den tausend Gängen stehen und keuchten aus.

»Und? Welchen nehmen wir?«

»Hier sieht alles gleich aus.«

»Waren wir hier schon mal?«

»Nein. Bestimmt nicht.«

Lucy: »Der Gang dort schaut sympathisch aus.«

Lena: »Dort sind aber keine Tiere.«

Lucy: »Aber genau da will er, dass wir langgehen.«

Miriam: »Äh, und warum nicht in den dunklen Gang?«

Lukas: »Na weil er dunkel ist.«

Philipp: »Okay. Vier Optionen. Den leeren Gang, der verdächtig nach einer Falle aussieht, den Gang mit den paar Tierchen, den wir aber locker schaffen sollten, mit drüber und dazwischen steigen, den dunklen Gang oder wir drehen um.«

Lukas: »Oder wir bleiben hier. Fünf Optionen.«

Niklas der seine Augen überall hatte: »Hinter uns kommen so komische Eidechsen. Grelle Farben sind …«

Lucy grimmig: »… nicht gut.«

Miriam grinste: »Amphibienforscher Lucy. Grelle Farben und vor allem rote Farben sind giftig.«

Lucy mit aufgerissenen Augen: »Jeps. Das sind sie.«

Momo: »Und was tun wir jetzt?«

Lena: »Also ihr denkt alle zu kompliziert. Wir gehen den Gang, wo nichts ist. Warum stellt man sich da so viele Fragen?«

Viola: »Ihr habt echt alle eine Meise.«

Der Rest schaute sich an.

»Na gut, dann gehen wir den Gang wo nichts ist.«

»Der bestimmt eine Falle ist, weil nichts ist.«

»Jeps, wir gehen in die Falle. Und ich mach mit.«

Miriam und Rosi lachten über Lucys letzten Satz.

Lukas wollte auch lustig sein: »Alle machen mit.«

In der Mitte des Ganges flackerte plötzlich das Licht. »Na toll. Und jetzt?«

»Noch haben wir Licht.« Im nächsten Augenblick fiel es komplett aus.

»Zurück!« Sie rannten zum Entscheidungspunkt zurück. Sie sahen, dass der dunkle Gang nun hell war und dass dieser auch leer war.

Die Tiere in den beiden besetzten Gängen rückten näher zu den Kandidaten. »Lauft!«

Sie rannten in den nun belichteten Gang hinein. Wieder bei der Mitte flackerte das Licht. Sie wurden langsamer.

Philipp: »Weiter! Der verarscht uns!«

Das Licht fiel sofort aus und sie hatten jetzt normales Schritttempo drauf. »Handys!« »Da vorne war die Ecke.« »Ich seh nichts.« »Keiner von uns sieht was!« »Wieso zickst du immer so herum?« »Du bist die Zicke!« »Lucy!« »Jaja.«

Sie tasteten sich an der Wand, trotz des Handylichtes entlang. Das Gefühl von etwas Greifbarem gab ihnen Sicherheit.

Rosi: »Jetzt halt mich nicht.«

Viola: »Ich hab Angst.«

Rosi: »Ich auch.«

Momo: »He, was war das?«

Lena schrie: »Da liegt was!«

Lucy: »Hör zu schreien auf.«

Lukas: »Hysterische Weiber. Das ist nur eine Riesenattrappe.

Philipp: »Die bewegt sich, du Attrappe.«

»Steigt drüber!« »Springt drüber!«

Es begann ein Gedränge und ein Gekreische. Die Lichter der Handys leuchteten nicht kontinuierlich in eine Richtung, sondern bewegten sich wie auf einer Bühne, auf dem gerade ein Musical vorgeführt wurde – Kreuz und Quer!

»Was ist das?« »Ich weiß nicht!« »Klettert drüber!«

Ein paar der Kandidaten berührten das Ungetüm am Boden und griffen auf kalte Schuppen. Die, die Berührung mit dem Monster hatten, ahnten, womit sie es zu tun hatten – Einer Riesenschlange!

»Es hat mich am Fuß!«

Philipp, der Lebensretter warf sich auf den Boden in Richtung der Schreie von Lena und leuchtete auf ihre Beine.

Philipp: »Da ist nichts.«

Lena: »Oh. Hat sich so angefühlt.«

Lukas schnaufend: »He-e-elft mmm…«

Die Anakonda wickelte sich um den Körper und um den Kopf von Lukas. Die mutigsten Kandidaten (Philipp allen voran, Miriam, Lucy und Rosi) *wüteten*, um den Griff der Würgeschlange zu lockern. Doch sie hatten keine Chance. Ausgerechnet Niklas, der ein Handyträger war, erblickte mit dem Licht an der Wand einige Waffen, die wahrscheinlich im Mittelalter gebraucht wurden. Er hievte mit aller Kraft eine Lanze aus der Verankerung heraus, die ihm zuerst auf den Boden krachte, aufgrund des hohen Gewichts. Er konnte sich seine plötzliche Anwandlung den mutigen Helden zu spielen nicht erklären. Ebenfalls nicht, dass er Lukas rettete, der ihn jeden Tag zur Hölle machte. Das Gefühl etwas Gutes zu tun, etwas Außergewöhnliches war stärker, wenn auch nur für ein paar Sekunden, denn die reichten und retteten Lukas das Leben …

Er nahm die Lanze in beide Hände, lief auf den Schlangenkörper zu und stach hinein. Ein waghalsiges Unternehmen im Zwielicht der Handytaschenlampen.

Die Schlange zischte laut auf, ließ nach und verschwand in der Dunkelheit.

Die Kandidaten liefen geschockt und stolpernd weiter. Es wurde heller und sie kamen zu einer Treppe, die hinunter führte. Unten angekommen öffneten sie die Tür und kamen überraschenderweise in der Küche im Erdgeschoss wieder hinaus. Die Tür sah von der Küche wie ein Wandschrank aus – Also eine Geheimtür.

»Was tust du?«

»Hab Hunger.«

Momo wollte sich etwas Essbares aus dem Kühlschrank für zwischendurch nehmen. »NEIN!« Selbst im Kühlschrank befanden sich Kriechtiere. Erschrocken schlug er die Tür wieder zu.

Dadurch, dass die Küche mit Ungeziefer und Amphibien voll war, kletterten sie auf die Anrichte und versuchten durch das kleine Fenster ins Äußere zu gelangen. Leider passte immer nur einer hindurch.

Rosi: »Schnell, einer nach dem anderen.«

Die Kandidaten schwitzten und hatten puren Stress. Überall Spinnen und Schlangen. Sie mussten aufpassen, wohin sie stiegen und griffen. Lukas und Momo drängten sich zuerst hinaus.

Lucy wütend: »Typisch! Ihr beiden fetten Bösewichte habt es ja nötig!«

Lukas brüllte zurück: »Das sind Muskeln du dumme Kuh!«

Lena und Viola waren als nächstes dran, da sie niemand mehr kreischen hören mochte. Dann drückten sich Miriam, Rosi und Niklas durch das Fenster ins Freie.

Philipp zu Lucy: »Komm. Du als nächstes.«

»Danke.«

»Mach schon!«

Er half ihr auf die Anrichte. Leider griff Lucy in die Nähe eines Giftfrosches. Dieser schnappte zu. Lucy schrie auf. Philipp schlug den Frosch mit einer Pfanne weg und half Lucy hinaus, die sich die Hand vor Schmerz halten musste. Er blickte sich um, sprang zu einem Erste-Hilfe-Koffer, wollte sofort auf die Anrichte zurückspringen, doch auch ihn traf das giftige Schicksal – nämlich eine Schlange in den Knöchel.

Philipp: »Scheiße!«

Er kickte sie weg und schaffte es anschließend ohne weiteren Zwischenfall ebenfalls ins Freie.

Mitten im Garten, etwas abseits der Schlossmauern, banden Miriam und Rosi mithilfe der Bandagen vom Erste-Hilfe-Koffer die gebissenen Gliedmaßen ab, sodass das Gift nicht so schnell zum Herzen gelangen konnte. Lucys und Philipps Kopf, lagen schwitzend auf ihren Schoß und halluzinierten.

Lukas und Momo gingen hinkend (Lukas wegen dem anstrengenden Kampf mit der Schlange, Momo wegen dem Hundebiss) auf und ab und sicherten die Umgebung von möglichen Angriffen der Kleintiere auf Befehl von Miriam. Keiner der beiden traute sich widersprechen. Niklas keuchte wild beim Anblick der zwei wahrscheinlich Sterbenden, als wäre er selbst betroffen. Lena und Viola waren ebenfalls dementsprechend drauf …

Lena panisch: »Oh Gott. Werden sie es schaffen?«

Viola quietschte: »Ich will nicht sterben!«

Lucy müde: »Oh Gott. Lasst mich bitte sterben. Ich halte die beiden nicht mehr aus.«

Miriam grinste mit Tränen in den Augen und wischte ihr die feuchten Haare aus dem Gesicht.

Miriam zuversichtlich: »Du schaffst das.«

Lucy: »Wieso? Hast du das Gegengift?«

Miriam: »Das nicht, aber …«

Bryan: »… aber ich!«

Alle drehten sich um. Bryan kam lächelnd mit zwei Spritzen auf die Kandidaten zu.

Rosi wütend zu Lukas und Momo: »Ihr solltet doch aufpassen, dass niemand kommt!«

Lukas: »Bryan ist doch egal. Ich dachte es geht um Schlangen.«

Momo: »Ja. Was hast denn gleich?«

Rosi: »Schlangen hättet ihr sowieso nie gesehen.«

Miriam zu Bryan misstrauisch: »Woher kommst du? Und wieso hilfst du?«

Bryan kniete sich nieder, beugte sich über Lucy und injizierte ihr das Gegengift. Dann das gleiche Spiel bei Philipp. Bryan blickte dann auf und abwechselnd in die ratlosen Gesichter der Auserwählten.

Bryan: »Es ist 6 Uhr. Die Tiere sind weg. Ihr könnt wieder rein. Und deshalb habe ich auch geholfen. Ab 6 Uhr. Habt ihr das vergessen? Eure Wette oder besser gesagt die Partynacht geht von 22 Uhr bis 6 Uhr. In dieser Zeit helfe ich euch nicht. Dann aber schon. Dann bin ich euer bester Freund.«

Die Kandidaten sahen ihn komplett entsetzt an. Bryan verdrehte die Augen: »Euer Freund bin ich jetzt. Ach egal.«

Lucy und Philipp begannen wieder normal zu atmen und erholten sich mehr oder weniger.

»Einfach gleich schlafen gehen, dann solltet ihr wieder auskuriert sein«, gab er ihnen als Tipp mit, den sie etwas perplex auffassten, da ja er der Schuldige in der ganzen Sache war.

Dritte Nacht

Kurz vor dem Abendessen diskutierten Miriam, Lucy und Rosi in ihrem Zimmer über die vergangene Nacht …

Rosi: »Von wo sind die Spinnen und Schlangen gekommen? Das gibt es ja nicht!«

Miriam: »Keine Einzige mehr da.«

Lucy, die am Handy recherchierte: »Ein Pfeilgiftfrosch muss das bei mir gewesen sein. Lebt nur im Amazonas? Hm, kann nicht sein.«

»Wir sollten uns im Schloss genauer umsehen. Noch ist es nicht 22 Uhr. Vorher haben wir aber noch unser super-traditionelles Abendessen.«

Lucy: »Also mich hat er ein bisschen eingeschüchtert. Ich will nur noch diese Nacht abwarten, was kommt. Dann komm ich vielleicht mit. Ich will nur sichergehen, dass auch echt kein blödes Tier mehr da ist. Einmal fast sterben reicht mir.«

Miriam und Rosi saßen am Bett und sahen sich im Raum um, ob sie nicht doch irgendwo eine Spinne entdecken konnten. Aber nicht mal eine gewöhnliche Stubenspinne fanden sie in den Ecken. Lucy saß in den zahlreichen Kissen auf der großen gemütlichen Fensterbank und suchte weiter nach ihrem Beinahe-Untergang.

»Hm, dieser kann es auch nicht sein. Vielleicht züchtet er selbst?«

»Interessanter wäre, wie er sie genau zu jenem Zeitpunkt hinaus bringt.«

»Wieso erinnert mich das immer an den Rattenfänger mit der Flöte.«

»Reinbringen ist leicht. Rausbringen aber nicht. Vor allem so kleine Tiere. Der muss irgendwo ein Lager haben!?«

»Ja. Ein richtiger Tierflüsterer.«

»Hat der glaubt ihr eine Frau?«

Miriam ernst: »Ich glaube, der ist dafür viel zu beschäftigt mit seinen Partys. Seht ihr nicht, wie der jedes Mal strahlt, wenn er uns was erzählen darf?«

Lucy legte das Handy weg und setzte sich auf die Couch und philosophierte: »Ich glaube dazwischen macht er schon ein paar Aufrisse. Der braucht ja nur zu sagen, dass er in einem Schloss wohnt und schwuppdiwupp, hat er eine Lena und Viola geangelt. Hihihi.«

Die beiden anderen Mädchen lachten ebenfalls. Da pochte es an der Tür. Sie verstummten und blickten erschrocken auf die Uhr. Der Türflügel ging auf und Niklas trat ein.

»Kommt ihr? Abendessen?«

Von draußen hörten sie Lena und Viola wild quaken, als sie an ihrer Tür vorbei gingen. »Die Lucy war schon fast tot. Philipp noch nicht so.«

»Ja. Ich will nie von einem Tier gebissen werden. Die sind voll ansteckend. Die haben jetzt sicher Tollwut.«

Die Mädchen grinsten als sie die Gespräche hörten. Lucy sprang als Erste auf und ging auf Niklas zu.

»Klar kommen wir.«

Sie drehte sich nochmal zu Miriam und Rosi um. »Ich erzähl ihnen jetzt, dass ich schon im Himmel war.«

Miriam lachte: »Nein. Tu das nicht. Die haben ja schon ein Trauma.«

Rosi grinste: »Dämlicher kann man nicht mehr werden. Ist schon egal bei denen. Kannst ruhig machen.«

Lucy zu Niklas als sie bei ihm vorbei ging: »Warst du schon bei ihnen Titten greifen?«

Niklas wurde knallrot im Gesicht: »Was?«

Lucy blieb ganz nebensächlich in ihrer Art und Stimme: »Na sag schon. Sind sie echt? Möchtest du meine angreifen und du gibst mir was von deinem Geld ab?«

Miriam und Rosi lachten.

Lucy ließ die Geschichte mit dem Himmel dann aber doch ruhen, weil sie eine Lena- und Viola-Stimmen-Unverträglichkeit hatte, wie sie sagte und sie marschierten zu viert geschlossen zum Abendessen.

Draußen zuckten Blitze durch schwere dunkle Wolken hindurch. Leichter Nieselregen setzte ein. Donnergrollen war zu vernehmen.

19 Uhr …

Alle saßen brav am Tisch des Speisesaals und blickten in das fröhliche Gesicht ihres Gastgebers. Lukas und Momo mussten das Essen bringen. Sie servierten Nudelsuppe, Fisolen, Putenfleisch, Reis und Kaiserschmarrn. Es wurde zusammen gegessen.

Danach …

»Okay. Hier kommt mein Rätsel. Ich kann es selbst kaum erwarten es euch vorzusagen.«

Der Himmel hatte währenddessen seine Schleusen geöffnet und ließ viel Wasser ab. Man hörte orkanartige Böen. Die Scheiben erzitterten. Donner grollte. Trotz dem elektrischen Licht im Speisesaal, wurde alles noch heller, als die Blitze vom Allmächtigen alle paar Sekunden aktiviert wurden.

Alle rückten auf ihren Sitzen nach vorne, spitzten die Ohren und waren hochkonzentriert, um ja kein Wort zu verpassen. Sie mussten das hochkomplexe und hochverschlüsselte und hochkomplizierte Rätsel des Millionärs knacken, um die Gefahr frühzeitig zu erkennen und Maßnahmen zu setzen.

»Geduldig beobachte ich dich. Leise pirsche ich mich an. Mit einem Sprung habe ich dich. Der Tod wird laut und hässlich. Meine Krallen und Zähne sind lang und spitz. Im Zimmer habt ihr Zugang zu einer Rettung ab jetzt. Ich mache keinen Witz.«

Alle Augen waren hellauf.

Lucy in die Runde: »Täusch ich mich oder sind das Raubkatzen? Ich meine, Dinosaurier sind ja Gott sei Dank schon ausgestorben, sonst wären die wahrscheinlich auch in einer Nacht dran gewesen.«

Bryan lachte: »Du hast Humor. Ja. Die hätte ich mir bestimmt besorgt. Leider gibt es die nicht mehr.«

Lukas ungläubig: »Also stimmt das mit den Raubkatzen?«

Bryan stammelte verlegen: »Ja okay. Ich gebe es ja zu. Aber ist das nicht Wahnsinn? Ihr dürft euch Raubkatzen stellen!«

Momo: »Tigern, Löwen und Panthern?«

Bryan: »Das war früher in der Einzahl mein Passwort zu meinem Zimmer, wenn meine Schwestern hineinwollten. Natürlich kein Eingabedisplay. Einfach nur mit Worten oder Zahlen. Bei richtiger Reihenfolge sperrte ich auf und ließ sie hinein. Sie hatten zwar nichts zu tun in meinem Zimmer, aber es war einfach das Ratespiel selbst, dass so viel Spaß machte.«

Momo hing an den Lippen des Millionärs: »Habt ihr keine *Play Station* gehabt?«

«I-i-i-a-a-a! Junge! Ich bin etwas älter. Zwar nicht viel, aber eine *Play Station* gab es bei uns noch nicht.«

Lukas schlug Momo erzürnt mit der Faust auf den Oberarm: »He, schon vergessen? Wir sind in einem Schloss. Wir wollen eine Million Dollar und diese Nacht kommen Raubkatzen! Also quatsch nicht blöde über Passwörter und *Play Station*!«

Philipp: »In unserem Zimmer ist die Rettung?«

Lena zittrig: »Gehen wir alle in ein Zimmer heute?«

Bryan: »Das wird etwas eng werden mit der Zuflucht. Ich fürchte, ihr müsst wieder eure Zimmereinteilung wahrnehmen. Aber seht einfach selbst.«

Viola den Tränen nahe: »Ich habe Angst!«

Niklas ohne Hoffnung: »Da schließe ich mich an.«

Bryan: »Ach ja. Zirkusjunge. Ich habe da was für dich. Das wird dir bestimmt helfen.« Er griff unter den Tisch, holte eine Peitsche hervor und warf sie ihm zu. Philipp fing sie. »Vielleicht wirst du sie brauchen. Wer weiß.«

Lukas: »Ich will auch eine Waffe!«

Bryan sah sich am Tisch um, legte die Hand auf ein Buttermesser und schob es mit Schwung zu ihm. »Hier. Bitte sehr.«

Miriam: »Wir haben noch eineinhalb Stunden. Ich schlage vor, wir gehen alle auf die Zimmer und suchen diese Zuflucht auf.«

»Ihr werdet sie nicht verpassen. Sie steht mitten im Zimmer und ist sicher. Solange ihr nicht an den Rand der Stäbe geht.«

Lena schluchzte: »Das ist mir zu viel.«

Bryan: »Eine Million Dollar.«

Lena beruhigte sich: »Okay. Es geht wieder.«

Lucy schüttelte den Kopf und vergrub ihn in ihren Händen.

Zurück in ihren jeweiligen Zimmern, betrachteten die Kandidaten mit heruntergefallenen Kinnladen, die runden Käfige, die plötzlich mitten im Raum standen. Sie waren nicht ganz so klein wie Bryan es gesagt hatte, dass nur die Anzahl an Leuten Platz hatten, die auch das Zimmer belegten, sondern ein bisschen größer, doch das hatte seinen Grund. Nämlich falls zwischen den Stangen, die eine enge Anordnung hatten, jemand reingreifen wollte, noch ein bisschen Spielraum zur Mitte war. Die drei Meter hohen Stahlkäfige passten wie angegossen in den vier Meter hohen Raum und endeten mit einem normalen Stahldeckel. Die Stangentür war offen und lud unfreundlich den Beitritt ins Innere ein. Ein Schlüssel steckte innen im Schloss.

Zimmer von Miriam, Lucy und Rosi:

»Sollen wir uns hier etwa einsperren?« »Sieht leicht danach aus.« »Scheiße. Schickt uns der echt Löwen und Tiger? Der ist ja voll krank. Das muss ein Scherz sein.« »Schlangen und Spinnen sind nicht beeindruckend gewesen?« »Schon. Aber wie kommt man an diese Tiere ran?« »Er ist Millionär. Einfache Erklärung.« »Und wie hat der den Käfig in das Zimmer bekommen? Noch dazu während dem Abendessen, wo er bei uns war?« »Hm, kann dann nur der Gärtner gewesen sein.« »Allein? Schau dir mal den Käfig an.« »Dann muss die Decke ein Loch haben, so eine Art versteckte Falltür, wo man den Käfig abseilen kann. Sehen kann ich zwar nichts, aber das wäre irgendwie logisch, oder?«
Sie blickten sich ratlos um und zuckten mit den Schultern.
»Vielleicht aus einem geheimen Wandschrank.« »Ja. Voll geheim.« »Wir reden schon wie die Blondinnen.« Dann lachten sie.

Alle Kandidaten standen Rücken an Rücken zusammengezwängt in den Käfigen ihrer Zimmer und warteten (halb)panisch auf die volle Stunde. Die Käfigtür war zweimal verschlossen worden und ihre Köpfe waren zum Zimmereingang gerichtet. Die Augen huschten immer wieder über die große Uhr.

Es war knapp vor 22 Uhr. Man hörte nur die Stimmen der anderen Kandidaten. Auf den Gängen des Schlosses war es still.

Zimmer von Philipp und Niklas:

»Eine Minute noch. Dann sollten sie irgendwann kommen. Warst du am Klo?« »Ja.« »Okay. Wasser haben wir. Bleib einfach ruhig. Nicht schreien, wenn jetzt wirklich Raubkatzen kommen. Dadurch machst du sie nur angriffslustig und wütend. Nicht zu nahe an die Gitterstäbe.« »Kommen die da eh nicht durch?« »Nein. Geht sich nicht aus.«
Niklas war beruhigt den Raubtier-Experten bei sich zu haben. Letztere Tatsache wollte Philipp nicht nur für Niklas und sich verheimlichen. Da die Türen der anderen Zimmer offen standen (ohne Sichtkontakt natürlich), rief er: »Weg von den Gitterstäben! Keine schnellen Bewegungen! Ruhig bleiben und vor allem nicht schreien!«
Momo schrie zurück: »Geht klar!«

Zimmer von Lena und Viola:

»Hast du dein Handy mit?« »Ja. Glaubst du kommen wirklich Löwen?« »Vielleicht. Ich weiß auch nicht. Ich hätte mir noch eine Weste anziehen sollen.« »Na hol dir noch eine. Geht sich eh noch aus.« »Wirklich?« »Naja, es ist ein paar Sekunden nach 22 Uhr.« »Stimmt. Die kommen ja pünktlich.«
Lena sperrte den Käfig auf und ging hinaus, um sich vom Gewandkasten noch eine Weste zu holen. Sie konnte sich aber nicht sofort entscheiden.

Zimmer von Lukas und Momo:

Momo: »Scheiße.«
Lukas: »Kannst laut sagen.«
Man hörte ein entferntes Poltern.
Momo: »Fuck.«
Lukas: »Wie du sagst.«
Momo: »Hätten wir nicht auf den Dachboden oder auf das Dach gehen sollen? Da wären wir sicherer.«
»Bist du der Architekt vom Schloss gewesen?«
»Nein.«
»Wie kannst du das dann wissen?«
»Das ist sicher eine Falle. Wieso sollte der uns helfen?«
»Na weil er nicht will, dass wir in der dritten Nacht draufgehen. Der will, dass wir uns nur anscheißen. Das Finale kommt sicher in der letzten Nacht.«
»Glaubst du gibt's da mehr Leute die zusehen? Ich meine, würde der uns wirklich sterben lassen?«
»Riskieren will ich's nicht.«
Das Gegenteil von einem ausdruckslosen Gesicht spiegelte sich in Momos Augen wider. Beide drängten sich so dicht es ging, Rücken an Rücken zusammen und blickten zur Zimmertür. Schweißperlen kamen auf und wollten von der Stirn aus die Show sehen.

Zimmer von Miriam, Lucy und Rosi:

»Warum sind wir nochmal aus dem Panikraum gegangen?«, fragte Lucy, wie sie gerade die Stangen und die Höhe des Käfigs betrachtete.
Miriam: »Weils geklopft hat? Haha.« Rosi lachte auch.
Lucy: »Stell dir vor, hier klopft wer, auch wenn wir ihn sehen.«
Rosi: »Na dann machen wir natürlich auf.«
Nach ein paar Sekunden Stille …
Miriam kicherte kurz auf.

»Was ist?« »Ich dachte nur grad an das Rätsel vom Millionär. Der will das glaub ich gar nicht als Rätsel lassen. Ich meine, ratet mal. Ähem. Ich bin ein Fabelwesen und ich speie Feuer.«

Rosi: »Drache. Hihi. Ich bin braun und bärig stark.

Miriam lachte: »Haha. Braunbär?«

Lucy kicherte auch: »Okay. Ich bin dran. Ich bin klein, fliege gern in Spinnennetze und ärgere gerne Menschen. Mit einer Fliegenklatsche kannst du mich ...«

Da hörten sie kratzende und pochende Geräusche. Der Boden verriet Bewegung. Man konnte durch die Beine die Vibration vernehmen. Eine Raubkatze wog ja nicht wenig und wenn mehrere im Rudel unterwegs waren, spürte man das eindeutig. Tiefes Knurren folgte. Der Spaß war im Nu verflogen. Ohne einem Wort, nahmen sie die Hände der anderen in die eigene.

Da ging die erste Raubkatze vorbei. Ein ausgewachsener bulliger Löwe, der ein anderes Zimmer aufsuchte.

Miriam mit großen Augen:

»Scheiße. Ich glaub ich träum. Sprecht Gebete!«

Lucy: »Hilft das was?«

Das erste Tier, das sie besuchte war ein schwarzer Panther. Geschmeidig und lautlos bewegte er sich nur wenige Zentimeter um den Käfig und betrachtete neugierig das Hindernis und die Opfer darin. Fast hätte man meinen können, er käme nur zum Kraulen lassen, doch nachdem er mit der Umrundung fertig war, fauchte er und man sah seine todbringenden Zähne. Miriam, Lucy und Rosi wichen erschrocken zurück.

Der Alptraum war aber nicht nur bei ihnen ...

Zimmer von Lena und Viola:

Lena stand seelenruhig bei der Kommode, hatte schon ihre rosa Weste an, drückte auf ihrem Handy noch herum, als ein Tiger das Zimmer betrat. Viola begann zu kreischen, schloss die Käfigtür in Panik zu und sperrte ab. Lena begann beim Anblick der Riesenkatze ebenfalls zu schreien. »Lass mich rein!«

Sie hatte jedoch keine Möglichkeit mehr in den Käfig zu gehen, da die Raubkatze direkt vor der Türe des Käfigs stand und die beiden kreischenden Mädchen anblickte. Der Tiger brüllte auf. Lena »versteckte« sich hinter dem Käfig und hoffte auf die dicken Stangen, die leider zu schmal waren.

Die anderen Kandidaten erschauderten bei den Schreien der beiden Blondinnen. Es war jedoch nicht wegen der Höhe der Stimme, es war wegen dem Ausrufesatz allein, der zu erkennen gab, dass eine draußen war. Blut gefror. Gänsehaut kam auf. Würden sie diese Nacht überleben?

Der Tiger umkreiste gemütlich den Käfig. Lena musste ebenfalls losgehen, um immer gegenüber der Bestie zu sein. Ununterbrochene Schreie der beiden Mädchen drangen durch das Schloss.

Lena schrie mit Tränen in den Augen: »Lass mich rein!«

Viola hörte zu schreien auf und setzte sich in eine kauernde, traumatisierte Position nieder. Sie zog dabei die Knie an und bekam einen starren Blick.

Lena, typisch klischeehaft, stolperte über nichts und die Katze kam auch schon um die Ecke und betrachtete das schreiende Mädchen. Der Tiger zeigte seine Zähne, runzelte hässlich die Schnauze und brummte immens tief.

Da kam plötzlich der Retter in der Not ...

Ein angsteinflößender und furchtbarer Lärm entbrannte. Philipp ließ die Peitsche genau zwischen Lena und den Tiger schnalzen. Der Tiger, der innehielt, fauchte Philipp an, hob die Tatze und versuchte sich die Peitsche zu krallen. Er wurde sichtlich wütender, da er ein paar Furchen auf der Stirn dazubekam. Der Tiger wich beim nächsten Peitschenschlag vor ihn ein wenig zurück. Ein Blitz zuckte wie bestellt über den Himmel und erleuchtete zusätzlich zum elektrischen Licht die Räumlichkeit.

Philipp packte Lena am Arm, hievte sie auf, schleifte sie zurück und schrie zu Viola: »Mach auf!« Ein Blick zu ihr genügte ihm, um die missliche Lage ihrer selbst zu erkennen – Absolut daneben, was ihr nicht zu verübeln war in so einer einmaligen stressigen Situation. Er schnalzte ein paar Mal in die Luft – Der Tiger brüllte wütend auf. Ein weiteres Raubtier blickte neugierig in den Raum – Ein Leopard mit schöner Fellzeichnung. Philipp griff geistesgegenwärtig durch die Gitterstäbe in den Käfig, drehte den Schlüssel um, öffnete die Tür, stieß Lena rein, schmiss sich selbst rein und trat die Tür zu, ehe der Leopard, der näher als der Tiger war, eingreifen oder ins Innere des Käfigs gelangen konnte.

Der Tiger versuchte mit seiner Pranke durch die Gitterstäbe ein paar Fleischfetzen zu ergattern, war jedoch chancenlos, da sie sich so klein machten, wie nur möglich, um der blutigen Attacke zu entgehen. Viola war wieder aufgestanden und umarmte Lena unter Tränen und schluchzte leise. Für die Lautstärke war ihr Retter dankbar. Viola tat dasselbe und Philipp musste die beiden Körper hin und her schubsen und ziehen, damit sie nicht erfasst wurden. Die Tatsache, dass der Käfig genau für zwei Körper berechnet war, konnte nicht zu hundert Prozent eingehalten und berechnet werden, da ja jeder der Kandidaten individuell in Größe und Form waren und variierten.

Der Tiger und der Leopard setzten sich nieder und starrten unnachgiebig auf die drei lebenden Fleischbrocken.

Ein Puma schlich am Gang vorbei, blickte im Vorbeigehen hinein und war anscheinend desinteressiert, weil er weiterging.

Zimmer von Philipp und Niklas:

Niklas schwitzte in seinem Käfig. Drei Raubkatzen waren allein bei ihm im Zimmer. Er war so mucksmäuschenstill, dass er sich nicht mal atmen hörte. Zwei Löwinnen saßen vor ihm, beinahe nebeneinander. Der Puma war gerade auf das Bett gesprungen und hatte es sich dort gemütlich gemacht. Auch er starrte zu Niklas und wartete auf einen Stunt von ihm. Vor lauter Angst prüfte er nochmal, ob der Schlüssel auch tatsächlich umgedreht und der Käfig abgesperrt war. Als er die Hand auf den Schlüssel legte, war eine der weiblichen Katzen schneller als er dachte und zerkratzten ihm die Handoberfläche. Er dachte, dass die, die näher am Schloss saß, döste, doch Katzen waren in dieser Hinsicht falsch und konnten gut schauspielern. Blut spritzte bei der Berührung weg und Blut tropfte auf den Boden. Vor Schmerz schrie er auf. Er hielt sich die verletzte Hand. Tränen kamen ihm in die Augen. Die Katze pfauchte und zeigte die Zähne. Die andere Löwin brummte tief. Der Puma hatte die Ohren gespitzt, sah aber langweilig drein. Niklas spürte es im Schritt warm werden.

Oh Gott. Wenn die Nacht vorbei ist, muss ich auch noch die Hose wech-
seln, ehe das wer mitbekommt.
Philipp schrie: »Alles in Ordnung Niklas?«
Er zurück: »Ja! Nichts passiert! Alles okay«, flüsterte er den letzten Satz
und war auf ihn beleidigt, dass er lieber bei den Mädchen war. Er wusste
zwar, dass eine draußen war und in Gefahr, doch jetzt kam das Neid- und
Eifersuchtsgefühl hoch.
»Bleib einfach in der Mitte des Käfigs stehen, dann passiert dir nichts!«
»Ja, mach ich!«

Zimmer von Lukas und Momo:

Beide blieben ruhig stehen, Rücken an Rücken, atmeten kaum und ver-
brannten in dieser Pose bis 6 Uhr früh dreitausend Kalorien vor lauter
Anspannung.

Zimmer von Miriam, Lucy und Rosi:

Lucy nahm eine zeitlich begrenzte Chance wahr, machte einen weiten
Ausfallschritt nach vorne zum Käfigrand und streichelte den schwarzen
Panther, der sich an die Gitterstäbe schmiegte.
Sie trat wieder in den Hexenzirkel zurück und blickte in das entrüstete
Gesicht von Miriam. Diese zischte: »Du forderst es wohl heraus, was?«
Lucy grinste dämlich: »Hab dich nicht so. Siehst ja, dass nichts passiert. Es
müssen ja nicht alle aggressiv sein. Das Fell war voll flauschig.«
Miriam zynisch: »Willst zu den Blondinnen gehen, dass du das ihnen er-
zählen kannst?« Lucy lachte kurz.
Rosi hatte den Panther im Blick und ging einen halben unachtsamen
Schritt zurück, der bestraft wurde. Krallen einer dicken Pranke erwisch-
ten sie am Fuß, die schon zwischen den Gitterstäben auf so einen Moment
gelauert hatten. Der Löwe hatte dazu sein Gesicht gegen die Stäbe gedrückt, um möglichst weit in den Käfig greifen zu können. Seine Krallen
bohrten sich in das Fleisch des Fußes von Rosi, die höllisch aufschrie.
Miriam und Lucy gingen sofort geschockt ans Werk und mussten die

Pranke vom blutigen Fuß ihrer Freundin trennen. Nach einigen anstrengenden Sekunden war es endlich möglich. Rosi schrie bei der Befreiung nochmal auf. Rundherum wurden die anwesenden Raubkatzen wild, fauchten und brüllten.

Miriam und Lucy begannen sofort den Fuß mit dem Shirt von Miriam, dass sie sich ausgezogen hatte, abzubinden, damit sie nicht noch mehr Blut verlor. Ein schwieriges Unterfangen, da sie alles im Stehen und in der Hocke machen musste und dabei höllisch aufpassen mussten, dass nicht noch eine Katze ihnen die Pranke *reichte*.

Rosi weinte: »Es tut weh.«

Miriam: »Ist der Verband zu grob?«

Rosi: »Nein. Der ist okay.«

Miriam zu Lucy: »Hilf mir da mal? Ist was?«

Miriam bemerkte Lucys irritierten Blick. »Ich weiß, dass das nicht sein kann, aber ich glaube ich habe gerade Bryan vorbeigehen sehen.«

»Was? Das geht nicht. Hilf mir lieber.«

»Jaja. Ich mach schon.«

Philipp schrie vom anderen Raum rüber: »Alles okay bei euch?«

Miriam: »Jaaa!«

Die Mädchen halfen zusammen und verharrten still bis in der Früh in der Mitte des Käfigs ohne einem weiteren Zwischenfall.

Der Rest der Nacht verlief harmlos. Alle warteten und zitterten still in ihren Käfigen. Ein paar Mal konnte man Gebrüll oder Fauchen hören, was aber nicht mehr sehr bedrohlich klang und aufregend war. Das Gewitter draußen hatte im Laufe der Nacht aufgehört Unruhe zu stiften und war weitergezogen.

Um zirka 6 Uhr machten sich die Raubkatzen, die noch in den Zimmern lagen, wie von Zauberhand, wie auf einen unhörbaren hohen Pfiff ebenfalls auf und davon. Als hätten sie die Spielregeln begriffen oder die Uhrzeit ablesen können.

Die Kandidaten beobachteten das Geschehen, blieben aber trotzdem noch bis halb 7 in den Käfigen.

Lucy: »Scheiße, bin ich fertig.«

Miriam: »Wie geht es dir Rosi?«

»Der Fuß tut weh und müde bin ich.«

Lucy: »Das ist glaube ich jeder.«

Niklas, der etwas früher aus dem Käfig, aufgrund seines Hosenwechsels musste, tauchte bei ihnen in der Tür auf. Er sah das Blut am Bein von Rosi, das mürrisch-freundliche Gesicht von Lucy, die ihn still mit der einer Aufwärtsbewegung der Hand grüßte und Miriam, die sich gerade im BH ein neues Shirt suchte, da sie ja ihres wie der gute Samariter verschenkt hatte. Sofort drehte sich Niklas in Schamgefühlen gebadet um.

Miriam lustig-frech:

»Da gibt's nichts, dass du nicht schon geknetet hast.«

Lucy und Rosi lachten. Philipp kam ebenfalls in den Türstock, sah ebenfalls alle drei Dinge und den umgedrehten Niklas und fragte: »Alles okay?«

Lucy: »Jaja. Wir haben nur einen Käfig-Striptease gemacht.«

»Aha. Die Luft ist rein. Gehen wir auf einen Kaffee oder auf Orangensaft oder …«

Lucy: »… oder auf ein Bier.«

Philipp: »Ja. Geht auch. Egal.«

Rosi: »Für mich was starkes. Schnaps oder Whiskey.«

Miriam: »Ich schließe mich an.«

Rosi zu Philipp: »Sind auch sicher alle weg?«

»Hier oben ist auf jeden Fall keine Raubkatze mehr.«

Philipp entwarnte die beiden Schlägertypen, die noch immer im Käfig zusammen senkrecht standen. Miriam zog sich wieder ein Shirt über.

Die Kandidaten gingen alle die Treppe hinunter, um sich in der Küche auszutoben. Jeden plagten der Hunger und die Müdigkeit.

Momo zu Philipp: »Wow. Hast du gar keine Angst vor den Raubtieren? Du hast ja die Zimmer gewechselt.«

Lukas verärgert: »Ich habe auch keine Angst gehabt.«

Momo: »Na für das warst du aber ziemlich ruhig.«

Lukas: »Ich habe mich konzentriert und hab auf dich aufgepasst.«

Momo: »Einen Scheiß hast du.«

Lucy: »Ihr seid beide Hasenfü…«

Doch in diesem Moment sprang ein Tiger in den Weg. Sie standen alle am Ende der Treppe. Der Tiger fauchte, zeigte Zähne und wollte zum Sprung ansetzen.

»Philipp, Peitsche!«

»Alle zurück!«

Bevor Philipp jedoch die Peitsche zum Einsatz bringen konnte, hörten sie einen Schuss. Der Tiger drehte sich in die Richtung des Geräusches. Die Kandidaten sahen einen Pfeil mit ein paar roten Federn hinten dran, im Körper des Feindes. Der Tiger taumelte und gab einen wilden Brüller von sich.

Aus einer Nische trat Bryan mit einem Betäubungsgewehr hervor und lächelte schief.

Dann wurde er hektisch als der Tiger noch einige Schritte auf ihn zuging. »Schnell! LAUFT! Das Mittel wirkt erst in ein paar Sekunden! Philipp, du musst mir mit der Peitsche helfen!«

Alle gerieten in Panik und liefen chaotisch weg. Todesangst. Miriam half Rosi als Stütze. Philipp lief um den Tiger herum zu Bryan und begann mit der Peitsche vor ihm zu schnalzen. Doch der Tiger legte sich gleich hin und begab sich ins Traumland.

Bryan mit Tränen in den Augen: »I-i-i-a-a-a!!! Ihr solltet euch mal sehen! Ich brech gleich ab. I-i-a! Das Mittel wirkt sofort. Das haut einen Elefanten vielleicht nicht gleich um, aber sehr wohl einen schmalen Tiger.

Die Kandidaten blieben stehen und sahen mit entsetzten Blicken abwechselnd von dem irren Bryan auf den schlafenden Tiger. Langsam kamen sie von der Treppe, die sie schon ein Stück wieder hinauf zurückgelegt hatten, zurück.

Lucy: »Blödes Arschloch.«

Bryan in selbstermahnenden Ton: »Diese Viecher sind manchmal so anstrengend. Die habe ich echt nie unter Kontrolle. Tut mir leid, dass der Spuk nach 6 Uhr nicht vorbei war. Normalerweise bin ich da pünktlich. Aber, ihr seid eurer Million wieder ein wenig näher. Danke für deine Verteidigung Junge, war aber nicht mehr notwendig. Jetzt weiß ich aber, dass man sich auf dich verlassen kann. Haha.«

Bryan klopfte Philipp auf die Schulter, dem das Adrenalin noch immer im Körper herumschwirrte.

Mit Blick auf den schlafenden Tiger fragte Viola: »Kann der auch echt nicht mehr aufwachen?«

Rosi: »Hast du eh keinen mehr vergessen?«

Bryan scherzte: »Oh doch. Den Löwen in deinem Bett. Haha.«

Lena und Viola umarmten sich nach dem ganzen Spektakel am Ende der Treppe.

Violas schluchzte: »Tut mir leid, dass ich dich nicht mehr hineingelassen habe.«

Lena schluchzte: »Tut mir leid, dass ich dich angeschrien habe.«

»Ich habe so einen Schock gehabt. Ich habe mich nicht mehr rühren können. Alles war schwer.«

»Ist schon gut. Macht nichts.«

Lukas ging zu den beiden, umarmte alle zwei und schauspielerte:

»Ja. Tut mir auch leid.«

Momo tat dasselbe und umarmte alle Drei: »Mir auch.«

Beide Blondinnen wurden wütend:

»Verschwindet ihr Arschlöcher!«

»Ja. Ihr habt überhaupt keine Gefühle!«

Gelächter beim Rest.

Ein paar Minuten danach …

Alle saßen (wobei sie mehr hangen) trübsinnig und müde mit roten Augen und blauen Ringen herum am Tisch. Die Frisuren sagten Bad-Hair-Day. Momo hatte die Füße am Tisch und hatte die Augen zu. Einige gähnten laut. Bryan hatte ihnen allen das Wunschgetränk serviert und freute sich, dass sie es alle geschafft hatten.

»Bravo. Ich möchte euch mal wieder loben. Super gemacht. Vor allem du Philipp. Echt starker Zusammenhalt. Fast die Hälfte geschafft. Fast eine halbe Million Dollar.«

Rosi: »Du kannst dir deinen Smalltalk sparen. Die Tiere hätten uns fast umgebracht. Schau dir mein Bein an.«

»Haben sie aber nicht. Ihr habt eine faire Chance bekommen. Der Käfig hält jeder Attacke stand. Was wollt ihr? Wollt ihr lieber gehen? Mir egal. Dann geht. Ihr seid einfach nur müde. Ich ehrlich gesagt auch. Ich muss gehen, meine Leute brauchen mich.«

Sie sahen den Millionär fraglich und verwundert an.

Miriam: »Was?«

Bryan: »Nichts. Wir sehen uns am Abend um 19 Uhr. Wünsche für das Essen?«

Lukas: »Fleisch.«

Momo: »Fleisch.«

Lucy: »Pizza.«

Rosi: »Wie könnt ihr nur ans Essen denken? Wir haben eine Horrornacht hinter uns.«

Lena: »Spaghetti.«

Viola: »Aber mit Gemüse. Fisolen dürfen nicht fehlen.«

Niklas zuckte mit den Schultern und murmelte unbekümmert ein leises *Pizza* heraus.

Miriam entrüstet und zickig: »Frühstück gibt's keines?«

Bryan deutete in die Küche: »Kühlschrank. Das bring ich euch nicht. Hab keine Zeit mehr. Ich muss den Tiger wegräumen.« Er sah Rosi an, die noch keinen Wunsch geäußert hatte. Sie zuckte mit den Schultern: »Cocktails mit viel Alkohol.«

Bryan lächelte: »Na geht ja. Die Nächte machen euch hungrig, was? Okay. Dann bis Abend.«

Er stand auf und verschwand. Die anderen machten es ihm dann nach und ließen das nährhafte Frühstück sausen. Philipp musste noch alle Zimmer mit den anderen kontrollieren, ob wirklich keine Raubkatze mehr da war. Sie trauten dem Gastgeber nicht ganz, nachdem das Malheur in der Eingangshalle mit dem Tiger passiert war, der noch immer dort lag und friedlich schlummerte. Er hielt dabei fest die Peitsche in der Hand. Miriam, Lucy, Rosi, Lukas, Momo und Niklas waren bereits in den Zimmern und legten sich nieder. Als er das letzte Zimmer von Lena und Viola kontrolliert hatte …

Philipp: »Okay. Die Luft ist rein. Dann bis Abend.«

Er wollte gerade den Raum verlassen, als Viola die Tür schloss. Lena ließ die Hüllen fallen. Philipp drehte sich um und runzelte die Stirn.

»Wir wollten uns bei dir für die nette Geste bedanken.«

»Ähm, das war ja selbstverständlich. Ich, äh, …«

Viola umschlang ihn von hinten, wie Gott sie geschaffen hatte. Lena von vorne. Er war die Wurst in der blonden Semmel. Sie griffen ihn in die Haare, in den Schritt, auf seine muskulöse Brust und begannen ihn zu vernaschen.

Am sehr späten Nachmittag, beinahe Abend, suchten Miriam, Lucy und Rosi schon eine halbe Stunde das Schloss ab, das in der Bauplanung bestimmt als Labyrinth gedacht und dargestellt wurde. Jeder Raum, jeder Gang glich dem nächsten, wie sie schon in der Reptiliennacht festgestellt hatten.

»Ein richtiges Märchenschloss, nicht?«

»Sieh dir mal die Bilder an. Ein Spukschloss.«

Miriam leise: »Von irgendwo müssen die Tiere ja her kommen. Das gibt es ja nicht.«

Rosi öffnete eine Tür, drehte das Licht auf und blickte in den leeren Raum. »Wieder nichts.«

An den Wänden waren überall Kratzspuren.

»Seht ihr das?« »Glaubt ihr sind hier schon Menschen umgekommen?«

»Über das möchte ich ehrlich gesagt nicht nachdenken.«

»Der bekommt sicher eine Erektion, wenn er uns da so bloßstellt.«

»Kann sein.« »Ist ja eklig.«

Lucy klopfte gegen die Wände. »Das klingt hohl. Da sind sicher Zwischenwände eingezogen. So muss er die Tiere hineinbringen.«

Rosi: »Und wie erklärst du den Zeitpunkt?«

Eine bekannte Stimme hinter ihnen ertönte: »Lockduft!«

Die drei Mädchen erschraken und wirbelten herum. Bryan stand vor ihnen in einem feinen roten Smoking. Er zündete sich seine berühmte Zigarette an, die er nach einem Zug auf den Boden warf und sie austrat.

»Aber ist das denn so wichtig? Interessiert euch das wirklich?«

»Wieso machst du das?«

»Das ist die richtige Frage. Wie ich was mache ist doch eigentlich egal.«

»Ein bisschen interessant schon.«

»Und wieso machst du das?«

»Na was machen denn andere Millionäre so? Meistens Geld vermehren.«

So wie ich, dachte er sich.

Keine Antwort der drei.

»Jeder das was ihm Spaß macht. Und ich mach eben meine Überlebens-Partys. Das hält mich bei Laune. Stellst jetzt gleich die Frage, warum ausgerechnet du oder ausgerechnet ihr alle? Die Frage kommt auch immer vor. Oder wie kann man mit sowas nur leben, wenn jemand vielleicht verletzt oder getötet wird?«

Lucy: » Das Auswahlverfahren war Zufall.«

Bryan: »Ja. Einfach willkürlich.«

Rosi: »Wenn du jedem von uns eine Million geben wirst und das schon vorher gemacht hast, wirst du aber irgendwann kein Geld mehr haben. Es sei denn jemand lebt ab.« Der letzte Satz kam sarkastisch.

Bryan: »Du vergisst, dass es bis jetzt nur einen Gewinner gegeben hat. Das heißt, eine Million habe ich erst ausbezahlt.«

Lucy: »Aber diese Tiere. Die kosten ja was, oder? Ich meine Fleisch oder Futter oder das Ausborgen.«

Bryan lachte: »Solche Fragen haben echt nur Frauen. Dieser Momo würde fragen, ob er wirklich sein primitives Fleisch zum Abendessen bekommt oder was in der nächsten Nacht passiert.«

Miriam: »Was kommt denn als nächstes?«

Bryan blickte auf die Uhr.

»Soll ich euch in das Esszimmer begleiten oder findet ihr alleine dort hin?«

Die drei Mädchen sahen sich um.

»Ich glaube, ihr folgt mir besser. Sonst verspätet ihr euch.«

Vierte Nacht

Alle rasteten und entspannten in den Stühlen am Esstisch nach dem voluminösen Abendessen.

»Also, wollt ihr raten?«, so der Gastgeber.

Schnurstracks saßen alle aufrecht da und spitzten die Ohren.

Lukas: »Kommen Bären?«

Momo: »Ja. Wollte ich auch fragen. Haben wir im Zimmer schon gesagt. Ich habe es als Erster gesagt.«

Bryan: »Seid ihr wahnsinnig? Wie soll ich einen Bären hier hinein bringen? Na ihr kommt auf Ideen.«

Viola lachte Lukas aus: »Ja. Das geht ja gar nicht.«

Blondie 2: »Wie sollen die denn da reinkommen? Geht ja gar nicht.«

Lukas und Momo verstummten und straften die beiden Blondinnen mit bösen Blicken. Der Rest sah perplex drein, weil Raubkatzen möglich waren, Bären aber nicht.

Lucy, wie eine Talkshowmasterin: »Drachen! Es kommen Drachen.«

Gelächter. Auch Bryan gab einen herzlichen Lacher von sich, als würde er zu den Prüflingen dazugehören. Als sie damit aufhörten …

»In dieser Nacht wird der Schwierigkeitsgrad etwas angehoben. Und zwar um einiges. Die ersten drei Nächte waren kontrolliert und lustig. Aber ab heute ist es vorbei. Die paar Abschürfungen, die ihr in den ersten paar Nächten erhalten habt, waren Kindergarten.«

Rosi blickte beim Wort *Abschürfung* auf ihr bandagiertes Bein und verzog ihr Gesicht.

Man konnte den Puls der Kandidaten hören, da es so still wurde. Bryan blickte nochmal auf die Uhr und brachte die folgenden Worte ohne einem Grinsen:

»Es ist zwar noch nicht 22 Uhr, aber egal. Die Nacht beginnt ab jetzt. Dann habt ihr länger Zeit. Eine wichtige Entscheidung wartet auf euch. Nämlich: 100.000 Dollar für jeden von euch und ihr könnt gehen. Mein Angebot gilt ab jetzt bis 6 Uhr in der Früh. Oder für jeden von euch eine Million für ein paar Nächte mehr. Fertig.«

Miriam: »Ehrlich?«

Niklas: »Was? 100.000 Dollar sofort? Ich möchte das haben.«

Bryan lächelte maliziös: »Halt. Geht einer mit 100.000 Dollar, müssen alle mit 100.000 Dollar gehen. Die Schwierigkeit besteht darin, dass ihr euch alle einig sein müsst. Jeder muss auf die Million verzichten und stattdessen mit 100.000 Dollar zufrieden sein. Falls ihr euch nicht gegen die anderen durchsetzen könnt, die die mehr wollen, dann habt ihr diese Nacht die Chance, euch als Single durchzusetzen, indem ihr das Grundstück verlässt. Versprochen. Ich werde zahlen. Aber eben an alle die 100.000 Dollar. Es gibt dann aber keine Chance auf eine Million Dollar mehr.«

Lukas zu Niklas grantig: »Du wirst da bleiben. Wir holen uns die Million.«

Miriam: »Spinnst du? Die Nächte werden bestimmt schwieriger.«

Philipp: »Das schaffen wir schon.«

Miriam entrüstet: »Du bist auch so gierig? Lucy!«

Lucy stammelte verlegen ohne Augenkontakt zu ihrer Freundin herum: »Naja, ehrlich gesagt, wäre die Million schon besser.«

Bryan erfreut über die Uneinigkeit und den Zwist: »Gutes Angebot von mir, oder? Hab ja gesagt, der Schwierigkeitsgrad geht hinauf. Man glaubt durch Worte könnte man keine Unruhe reinbringen und man braucht immer Tiere, aber dem ist nicht so.«

Alle zugleich warfen ihm einen *ECHT-JETZT?-Blick* zu.

Bryan gab seine Ellbogen auf den Tisch, machte mit seinen Händen eine Brücke und legte den Kopf dort ab. Er blickte immer in die Richtung des Sprechenden und wartete darauf, zynische Kommentare abzugeben, um immer Öl ins Feuer gießen zu können.

Miriam zu Lukas: »Dein Freund wäre fast von einem Hund zerfleischt worden.«

Momo: »Halb so schlimm. Ist schon wieder alles verheilt.« Er sah sich in der gleichen Sekunde den Fuß an und bemerkte, dass die Wunde etwas hässlich eiterte und gar nicht verheilen wollte. Vielleicht hatte er schon Tollwut. Momo: »Spür ich fast gar nicht mehr.«

Lukas: »Na siehst.«

Miriam zu Lucy und Philipp: »Du bist vergiftet worden. Du auch Philipp. Das ist der Anfang. Seid ihr verrückt? Rosi? Der Löwenangriff!«

Rosi war gegenüber Miriam ebenfalls sehr kleinlaut, da sie anderer Meinung war und sie eigentlich keinen Streit wollte:

»Ich bin zwar verletzt worden, aber das hindert mich nicht, hier zu bleiben. Ich brauch das Geld. Ich will nicht mehr kellnern oder sonst irgendeinen anderen Scheiß machen. Das hier ist eine einmalige Chance.«

Miriam zu Lena und Viola: »Was ist mit euch? Seid vernünftig.«

Bryan lachte: »Ja. Seid vernünftig und entscheidet intelligent.«

»Wir bleiben hier.« »Wir brauchen das Geld für das Kosmetikstudio.«

Lucy völlig entrüstet: »Was?«

»Ja. Hast schon richtig gehört. Wir machen ein Kosmetikstudio auf.«

»Kannst dann ruhig zu uns kommen.«

Lucy sarkastisch: »Bestimmt. Ich komme.«

Miriam versuchte weiter an die Vernunft zu appellieren: »Tot nutzt euch das Geld nichts mehr. Wir sollten alle gehen. Niklas du stimmst mir zu, oder?«

Niklas nickte, schaute dabei aber niemanden an, da er die Blicke fürchtete.

Bryan: »Das heißt, ihr seid euch uneinig, oder? Ich fasse zusammen. Zwei gegen Sieben. Tja. Das geht nicht. Entweder eine Million oder 100.000 Dollar.«

Lucy verärgert: »Jaja. Wissen wir. Wir werden das schon klären. Du brauchst nicht dauernd was sagen. Wir haben ja eh bis 6 Uhr Zeit.«

Philipp: »Jeps. Da wird's erst um 5 Uhr vielleicht kritisch.«

Lukas wollte sich auch einbringen: »Aber wir klären das jetzt, nicht später.«

Miriam ignorierte die Beiträge der jungen Männer: »Lucy, was willst du mit einer Million Dollar tun?«

Lucy flehend: »Miriam, drei Nächte nach dieser Nacht noch. Lass diese nicht schwierig sein. Diese ist leicht. Komm schon. Dann haben wir keine Probleme.«

Miriam: »Du weißt nicht, was kommt. Ihr wisst alle nicht was kommt. Was ist, wenn die Löwen wieder kommen, nur ohne Käfig im Zimmer.«

Rosi: »Wird nicht kommen, oder?«

Alle drehten sich zu Bryan.

»Nein. Kommt nicht. Ehrenwort. Zweimal dasselbe ist ja langweilig. Ihr könnt weiterreden.«

Miriam: »Brauchen wir nicht. Wir gehen alle.«

Lucy: »Miriam! Komm schon!«

Rosi zu Bryan: »Gibt es eine andere Möglichkeit? Oder eine andere Aufgabe für diese Nacht? Die ist uns anscheinend zu schwer.«

Bryan: »Nein. Sorry.«

Viola zu Miriam: »Jetzt sei kein Feigling. Bleib da.«

Die andere Blondine: »Du bekommst bei uns dann auch Gratis Kosmetik.«

Wieder die andere: »Aber nur einmal.«

Philipp lächelte: »Na ist das nicht ein Angebot? Brauchst du das Geld nicht daheim? Was ist mit Mama und Papa? Geht es denen gut? Krankenhaus und Altersheim kostet was. Und du willst ja auch ein eigenes Haus und einen Garten und einen Hund haben, oder?«

Lucy: »Und nicht zu vergessen, deine Traumhochzeit. Die kostet ja alleine schon 50.000 Dollar, oder?«

Miriam: »Das ist ja nur angenommen gewesen, wenn ich so viel Geld hätte.«

Rosi: »Aber jetzt hast du Möglichkeit und schlägst sie aus.«

Miriam: »Wir verdienen uns das Geld, indem wir um unser Überleben kämpfen. Vielleicht sterben wir dabei und haben dann kein Leben mehr.«

Philipp: »Leider ist das Risiko dabei. Aber wir helfen ab jetzt besser zusammen. Auch mit denen.« Er deutete zu den beiden Schlägern.

Die nickten wild, wirkten handzahm und hatten seltsam verformte freundliche Fratzen aufgezogen.

Lukas: »Na komm schon. Das war ja bis jetzt lächerlich. Wir haben uns einfach nur dämlich gestellt. Wir sind bestimmt auf die nächste Nacht vorbereitet. Die wird einfach.«

Philipp: »Ja. Klaren Kopf behalten und tief durchatmen.«

Bryan: »Manchmal kann ein einfacher Satz, eine relativ schwierige Aufgabe sein.«

Miriam: »Ich denk drüber nach. Ich gehe auf mein Zimmer. Wir haben ja noch Zeit. Niklas, du kommst mit. Sonst tun die dir was an.«

Miriam und Niklas standen auf und verschwanden ohne einem weiteren Wort.

Lukas, wie der Oberplatzhirsch: »Okay. Wir haben uns jetzt alle nicht so gern, aber ich glaube, hier müssen wir zusammenhalten. Einsperren?«
Bryan: »Einfacher Satz, große Wirkung.«
Viola: »Ja. Sperren wir sie ein.«
Lucy zischte: »Halt die Klappe oder schrei nicht so!«
Lena: »Bisschen leiser reden musst du Viola.«
Viola: »Ja. Sorry.« Dann küssten sie sich gegenseitig kurz auf die Lippen.
Bryan warf ihnen erfreut einen 100 Dollar Schein zu. »Jaaa!«
Nach dieser seltsamen Abschweife …
Philipp sah zu Lukas: »Okay. Sperren wir sie bis 6 Uhr in der Früh im Zimmer ein. Die Damen bewachen die Tür. Alle Damen. Und wir drei Burschen stellen uns in den Garten und beobachten die drei oder vier Fenster von unten, damit sie nicht dort entkommen können. Dann hätten wir die Nacht ohne einem Verletzten geschafft. Ich glaub nämlich auch, dass sie sich nicht umstimmen lässt. Und Niklas würde allein niemals *nein* sagen.«
Momo grunzte: »Und wenn sie entkommen, schlagen wir sie nieder.«
Niemand sagte dazu ein Wort.
Bryan fing plötzlich laut zu lachen an: »I-i-i-a-a-a!«
Die Kandidaten beachteten ihn nur kurz, denn sie merkten, dass jemand in das Esszimmer sah. Mit Entsetzen stellten sie fest, dass es Miriam war, die sie belauscht hatte.
Miriam zu Niklas: »LAUF!!!«
Eine Sekunden später …
»IHNEN NACH! AUFHALTEN!«, so Lukas.
Philipp war der Schnellste und sprang über den Tisch.

Miriam und Niklas liefen hastig über den langen Schotterweg, der zum Tor führte. Es war beinahe Vollmond. Keine Wolke war mehr vom gestrigen Unwetter zu sehen. Philipp holte sie beinahe locker ein und stellte sich vor Miriam und Niklas, der ein bisschen langsamer war. Trotzdem hatte ihn Miriam fest an der Hand. Alle drei keuchten.

»Bitte Miriam. Bleib. Denk nochmal drüber nach. Wir wollen doch nur bis zum Schluss durchhalten. Ich beschütze euch beide mit allem was ich bieten kann.«

»Du kannst uns vor diesem Verrückten nicht beschützen.«

»Oh doch. Das werde ich. Versprochen!«

»Die Versprechen von Männern kenne ich all zu gut.«

»Weißt du noch der einzige Gewinner? Der Junge, der mit dem Bild in der Halle hängt?« »Ja. Was ist mit dem?«

»Das ist mein Bruder!«

Genau in diesem Augenblick bekam Miriam einen Schlag von Momo hinten auf den Kopf, der sie ausknockte. Bewusstlos brach sie zusammen. Philipp fing sie auf, bevor sie am Boden aufschlug. Lukas nahm Niklas von hinten um den Hals in den Würgegriff und zerrte ihn brutal in das Schloss zurück.

Philipp wütend zu Momo: »Musste das sein? Sie wäre gerade zur Vernunft gekommen.«

Momo grunzte: »Sicher ist sicher.«

Philipp noch wütender: »Fass sie nicht an oder ich breche dir die Hände. Ich mach das schon.« Er dachte dabei an die abartige Single-Wette, die der Ungustl noch vollstrecken musste. Momo tat wie ihm geheißen: Nichts.

Philipp packte Miriam auf die Schultern und schleppte sie zum Schloss zurück. Lucy und Rosi kamen nach und begleiteten Philipp des Weges zurück. Lucy nahm Miriams bewusstlose Hand und hielt sie. Bryan spielte mit Lena und Viola beim Tisch ein einfaches Brettspiel. Als er die anderen Kandidaten durch die Eingangshalle gehen sah …

»Die Gier wird immer siegen. War noch nie anders. Jeder will die Million haben.« Lena: »Menschen sind gierig.« Viola: »Ja stimmt.«

Bryan sah die beiden an: »Manchmal sind solche Gespräche einfach befriedigend.« Lena: »Ja. Total.« Viola: »Finde ich auch.«

Fünfte Nacht

Miriam wachte etwas verschlafen in ihrem Zimmer auf und ging die Treppe hinunter. Sie gähnte und rieb sich den Hinterkopf. Sie hörte Stimmen aus dem Esszimmer, ging wortlos hinein und gesellte sich zu den anderen, obwohl sie alles andere als redselig und gesellig war. Alle Köpfe waren kurz auf sie gerichtet. Bryan hörte aber keineswegs auf, eine lustige Geschichte an Lukas und Momo weiterzugeben.

Lucy flüsterte: »Geht es dir gut?« Als Antwort bekam sie kalt zurückgeschnauzt: »Interessiert dich das wirklich?«

»Jetzt sei keine Zicke.«

»Lass mich einfach in Ruhe.«

Philipp sah sie mit einem seltsamen Vergebungsblick für beide Seiten an, wurde von Miriam aber keines Blickes gewürdigt. Niklas hatte eine kleine Platzwunde über dem Auge und saß bedrückt da.

Bryan: »Und dann habe ich gesagt, ich kaufe einfach alle sieben Inseln.«

Momo: »Wow. Voll reich bist du.«

Lukas: »Unglaublich. Wie viel Land besitzt du eigentlich?«

»Unwichtig. Ich sehe, unsere letzte Teilnehmerin ist angekommen. Also. Wie es dir geht, ersparen wir uns. Du bist sicher voll hässlich auf alle drauf, oder? Haha. Essen musst du dir dann von der Küche holen. Wir sind schon fertig. Kommen wir zu unserer Party.«

Miriam hob den Mittelfinger Richtung Gastgeber. Niemand außer ihm selbst und Lucy sahen es, da sich alle sofort auf die Ansage bzw. auf das kommende Rätsel konzentrierten. Bryan und Lucy grinsten.

Lena: »Kommen heute Nacht Haifische?«

Alle sahen sie irritiert an.

Viola fast beleidigt: »Das wollte ich fragen. Es ist eigentlich meine Frage.«

Lucy: »Seid ihr komplett fertig mit der Welt? Wie soll …«

Bryan: »Keine schlechte Idee. Könnte man machen. Aber nein. Heute kommt was anderes.«

Lukas: »Haie sind keine schlechte Idee und Bären gehen gar nicht? Hä?«

Bryan: »Ja. Was ist daran so komisch? Haie sind möglich. Bären nicht. Irgendwas nicht verstanden? Lasst mich jetzt mein Partythema demonstrieren.«

Die Teilnehmer verstummten mit verwirrten Gesichtern. Alle waren aufgerichtet und spitzten die Ohren. Bryan stand für eine kleine Instruktion auf und holte ein paar Sachen. Die Kandidaten sahen ihm interessiert nach. Er holte eine Mausefalle, einen kleinen Käfig mit einer Maus darin und ein Stück Käse. Er stellte die Dinge gut sichtbar auf den Tisch und spannte die Mausefalle mit dem Käse darin.

Bryans Augen leuchteten und klebten an der Maus: »In der heutigen Nacht geht es einzig und allein um das hier.«

Er stand noch einmal auf und kam mit einem großen Käfig wieder, den er über den kleinen Käfig mit der Maus darin und über die Mausefalle stülpte. Er griff durch die Öffnung und öffnete die Tür vom Käfig der Maus. Dann zog er sie hinaus und schloss ab.

Bryan, der Wissenschaftler: »Die Maus seid ihr in meinem Riesenschloss.«

Alle Augen waren auf die Maus gerichtet, als hätten sie so etwas noch nie gesehen. Die Maus lief am Käfigrand auf und ab und schnupperte in die Luft. Bryan sah mit teuflischer Miene ebenfalls durch den Käfig auf das Tier. »Na komm kleine Maus. Nimm es. Es ist für dich.«

Lucy und Rosi sahen sich etwas irritiert an. Es kam wie es kommen musste. Die Maus interessierte sich für den Käse, stieg auf die Falle, diese schnappte zu und tötete die Maus. Minigedärme und Blut traten aus der geöffneten Tötungswunde. Die Kandidaten am Tisch zuckten beim Schnappgeräusch zusammen. Bryans Blick ging von der toten Maus auf die Kandidaten zurück. Allerdings durch den Käfig schauend. Er hatte ein böses Grinsen drauf.

»Kein Gedicht oder Spruch. Das war mein Tipp.«

Lena in hoher Oktave: »Kommen Mäuse?«

Viola noch höher: »Nein Lena. Ratten. Das wäre jetzt zu einfach gewesen.« Lucy zu den beiden: »Ich glaube, dass es Stinkekäse regnen wird.«

»Wirklich?« »Wirklich?«

Momo: »Nein. Mausefallen werden jetzt wahrscheinlich aufgestellt sein.«

Bryan stand auf, blies aus wegen der vielen geistreichen Worte und sagte: »Knapp dran.«

Er ging plötzlich zur Küchentür, hielt die Hand drauf und drehte sich noch mal für einen Kommentar um, ehe er in die Küche ging.

»Treffen wir uns nach der Nacht hier im Esszimmer wieder? Das ist finde ich eine schöne Tradition. Ich mache Kaffee oder Kakao für dich Niklas.«

Die Kandidaten glotzten ihn an, als hätte er einen Hirnschaden.

»Ich nehme das als ein *ja* an. Haha. Viel Spaß noch. Das Fenster in der Küche kann man nur einmal benutzen. Das war mein letzter Tipp. Die Nacht beginnt ab jetzt. Vielleicht sehen wir uns wieder.«

Mit diesen Worten öffnete er die Tür und verschwand in der Küche.

Stille.

Nach einigen Sekunden …

Lucy: »Muss man das jetzt verstehen?«

Rosi: »Also ich hätte den Raum sowieso nicht durch das Fenster verlassen.«

Philipp: »Das muss aber eine Bedeutung gehabt haben.«

Lukas: »Vielleicht sollen wir durch den Geheimgang gehen?«

Philipp stand auf und ging vorsichtig für eine Untersuchung zum Eingang des Esszimmers. Er betrachtete den Rundbogen und entdeckte in Kniehöhe eine Laserbox, unterbrach den Strahl und konnte gerade noch die Hand zurückziehen, als ein Tor mit spitzen Stacheln hinunterschnellte. Schallend krachte es am Boden auf. Lena gab einen kurzen Angstschrei von sich. Geschockt saßen sie alle mit großen Augen oder offenen Mündern da.

Lukas: »Fuck, woher kommt denn das so schnell?«

Philipp ebenfalls ungläubig: »Ich habe keine Ahnung.«

Lukas ging ebenfalls zum Gittertor und untersuchte es wie Philipp.

»Haben wir das immer übersehen?«

»Ich bin mir nicht mehr sicher.«

»Bleiben wir hier? Ich meine, wenn der jetzt überall so Fallen hat, dann ist es doch besser sich nicht vom Standfleck zu rühren.«

»Gute Idee. Wir haben hier Trinken und Essen. Und es gibt hier keine, äh, Mausefalle oder so.«

Aber der Gastgeber hatte wieder mal an die Bewegung gedacht …

Vor dem Eisentor, genau im steinernen Durchgang bewegten sich zwei Eisentüren aufeinander zu. Als sie sich geschlossen hatten, fragte Momo: »Will uns der einsperren?« »Egal. Wir haben Essen.«

»Aber wieder kein Klo.« »Das ist egal, dann stellst dich halt in eine Ecke.«

»Das habt ihr mir verboten das letzte Mal im Panikraum.«

»Ja der war ja auch kleiner. Da hätte man das direkt gerochen.«

Da begann es leise zu zischen.

»Hört ihr das?« »Riecht ihr das?«

»Scheiße, das ist Gas.« »Durch das Fenster!«

Doch sie stellten fest, dass alle Fenster des Speisesaals verschlossen waren. Einschlagen hätte nichts gebracht, da Gitter außen montiert waren.

»Geheimgang! Küche!« »Gute Idee!«

Nach dem immens schnellen Raumwechsel, stellten sie fest, dass die Geheimtür verschlossen war. »Der will uns so nicht sterben sehen. Der will Action sehen.« »Es muss noch einen Geheimgang geben.« »Wieso gehen wir nicht aus dem Fenster? Das ist offen.« »Du Schwachkopf! Schon vergessen? Er hat gesagt, dass man das nur einmal benutzen kann. Das hat einen Grund!« Momo sah Miriam beleidigt an.

Sie räumten in Panik die ganze Küche um und aus und fanden tatsächlich im Geschirrspüler noch einen Geheimgang.

Lukas: »Fuck.«

Momo: »Da passe ich wahrscheinlich genau durch.«

Alle waren aufgeregt und hektisch. Schweißperlen traten ihnen aus. Philipp blickte durch den Geschirrspüler in den dunklen Gang, bei dem man unweigerlich kriechen musste. Mithilfe der Taschenlampe am Handy sah er besser, aber auch nicht viel mehr, als einen schwarzen Gang.

»Ich glaube, wir müssen hier durch.« Der Gasgeruch wurde schlimmer trotz des offenen Fensters, wo Momo sehnsüchtig hinblickte.

»Jaja. Schnell rein. Und der letzte macht die Tür zu, sonst kommt das Gas auch hier rein und wir ersticken.«

»Wieso stellen wir uns nicht zum offenen Fenster und atmen dort einfach, bis es Früh ist?« In diesem Moment sauste ein Hackbeil hinunter und zog eine Platte mit runter, die genau vor dem Fenster den Weg ins Freie und den Weg für die frische Luft versperrte. Alle blickten Momo mit einem schiefen Auge an. »Gute Idee, aber jetzt nicht mehr.«

»Der hat alles für das Spiel präpariert.« »Welches Spiel?«
»Na für die Survival-Party.«
Philipp seufzte: »Also ich geh jetzt durch den Tunnel.«
Lucy: »Was ist, wenn der enger wird oder dort auch Gas ist.«
Philipp, der Aufklärer: »Risiko. Aber ich gehe mal davon aus, dass das nicht so sein wird, weil das irgendwie der einzige Weg ist und weil er uns so unspektakulär nicht umbringen will. Wozu der viele Aufwand, wenn er uns hier unten in einem dunklen Gang ersticken lassen will?«
Klang für alle einleuchtend. Sie husteten einer nach dem anderen.
Lena: »Was ist, wenn da Spinnen durchkommen?«
Viola: »Oder Schlangen?«
Wieder Philipp: »Wieso ist die Klappe des Geschirrspülers offensichtlich halb offen gestanden? Komisch oder? Wir sollen hier durch. Er hat bestimmt noch mehr vorbereitet. Außerdem macht er nichts zweimal. Ihr habt es ja gehört. Das wäre ihm zu langweilig. Also wenn da eine Spinne drin ist, dann sicher nicht mit Absicht.«
Das Gas wurde immer stechender in der Nase und stieg ihnen schon in den Kopf. Sie begannen alle allmählich zu husten. »Wir sollten los!«
Philipp kroch als Erster in den dunklen Gang los, die anderen ihm mit wüsten Sprüchen nach.

Sie waren in völliger Dunkelheit, aber nicht in völliger Stille …
Lena und Viola schrien und weinten vor lauter Furcht. Lucy schrie aus Wut, dass sie endlich die Klappe halten sollten.
Nach einer Weile des Kriechens hörte man es pochen und schaben. In den Gängen fielen Wände und Einweggitter hinunter, die sie trennten. Sie merkten, dass es leiser wurde, konnten sich jedoch nichts erklären, warum. Sie dachten, die anderen wählten einen anderen Ausgang oder hatten sich verlaufen bzw. verkrochen. Mit den Handytaschenlampen fingen sie nicht viel an, da sie nur den Hintern und die Beine des vorigen Krabbelnden sehen konnten.
Einer der alle sehen konnte, war Bryan im Computerraum, der selbst in diesem dunklen Geheimganglabyrinth Nachtsichtkameras angebracht hatte und alle so trennte, wie er es wollte oder wie er es konnte.

Miriam, Niklas und Lukas kamen gemeinsam in einem von ihnen noch nicht gesehenen Zimmer aus einer Lüftungsklappe, die nahe dem Boden verbaut war, wieder hinaus. Es war wie die anderen Zimmer pompös eingerichtet und hatte die typische Einrichtung für ein Gästezimmer, wie sie es hatten, nur mit einigen wenigen Details anders, die es aber ausmachten …

Niklas: »Wo sind wir hier?«

Miriam: »Ich weiß es nicht. Hat sich angefühlt, wie wenn wir höher gekrabbelt sind. Und wieder runter. Vielleicht sind wir im selben Stockwerk. Wichtig ist, kein Gasgeruch.«

Lukas: »Seht mal.«

Er deutete auf die vielen Käsevariationen, die entpackt am Bett verstreut lagen. Oberhalb des Bettes war ein rechteckiger Himmel mit schön verzierten Tüchern rundherum zu sehen, der von vier Ketten an jeder Ecke an der Decke des Zimmers gehalten wurde. Durch die Tücher war ein Meter verdeckt, was auf eine etwas zu offensichtliche Falle aussah.

Lukas: »Ist der komplett bescheuert? Denkt der, dass wir auf so einen Scheiß reinfallen?«

Währenddessen wurde weiterhin jeder Schritt der Kandidaten über die Bildschirme im Computerraum verfolgt.

Bryan murmelte: »Na komm kleine Maus. Nimm es. Es ist für dich.«

Die Kandidaten gingen näher ran und betrachteten den Himmel des Bettes, ohne sich darüber zu beugen. Sie lagen mit ihrer Intuition nicht falsch. Spitze Stacheln warteten schön versteckt hinter den Tüchern, um ein Leben auszulöschen. Sie wichen ganz langsam zurück, als könnte ein Geräusch die Falle auslösen.

Bryan: »Schade. Ich dachte eigentlich, dass hier dieser fette Momo rauskommt. Der hätte den Braten sicher nicht gerochen. Egal.«

Der Millionär löste die Falle aus, in dem er Klavier auf der Tastatur spielte und anschließend den berühmten roten Button drückte.

Im Zimmer schnellte die Stachelfalle auf das Bett hinunter und bohrte sich mühelos durch das Leintuch, in die Matratze und den Lattenrost darunter. Von Miriam kam ein erstickter Schrei. Niklas sah mit großen Augen auf das Stahlmonster hin.

Plötzlich hörten sie im Nebenzimmer ein Rasseln. Alles erstarrte abermals. Die Luft wurde kaum verbraucht, da sie diese dauernd anhielten.

Niklas wimmernd: »Was war das?«

Miriam: »Gehen wir rüber?«

Lukas stotterte, wollte jedoch mutig klingen: »K-k-klar. Eine andere Möglichkeit haben wir ja nicht, oder?«

Obwohl sie die hätten, wenn sie dieses Mal einfach dageblieben wären ...

Sie öffneten die einzige Tür, die in ein weiteres Zimmer führte und erblickten wieder den Käfig von der Nacht der Raubkatzen mit einem speziellen Upgrade:

Der Käfig war rundherum bis fast ganz hinauf mit undurchsichtigen Hartplastik umgeben, aus dem man nur durch ein kleines Sichtfenster hinaussehen konnte. Man hätte sich mit aller Kraft an den Stangen hinauf ziehen können, um hinaus zu spähen.

Lukas: »Fuck. Was ist das wieder?«

Rosi und Philipp krabbelten noch im dunklen Gang herum.

»Hier geht es nicht weiter.«

»Drück mal oder schieb.«

»Ah, warte. Gute Idee.«

Rosi schob das Bild zur Seite, öffnete damit den Ausgang und krabbelte hinaus. Das Loch in einem Meter Höhe wurde von einem Gemälde verdeckt. Philipp rutschte ebenfalls hinaus.

Rosi probierte die nächste Tür in dem noch nie zuvor gesehenen eher Korridor, der links und rechts in geringem Abstand zueinander viele schwere Ritterrüstungen auf Sockeln offenbarte, zu öffnen. Verschlossen. Dann die nächste. Ebenfalls verschlossen.

»Ist das nicht irgendwie kitschig hier? Wie in einem Horrorfilm.«

Da krachte es laut hinter ihnen. Sie drehten sich erschrocken um. Eine Ritterrüstung war am Ende des Ganges umgefallen. Dann fiel die nächste auf der anderen Seite aus heiterem Himmel um.

Philipp langsam: »Nein. *Das* ist jetzt kitschig.«

Durch die vielen angesammelten Rüstungen wirkte der Korridor sehr schmal, obwohl er eher breit war. Sie blickten in die andere Richtung des

Ganges und mussten feststellen, dass dieser bis hinunter mit schweren Ritterrüstungen vollgestellt war. Wieder fiel eine am anderen Ende um.

»Lauf!«, rief Philipp zu ihr.

Da fielen die Rüstungen schon schneller um. Immer eine links und rechts und immer näher kommend. Philipp und Rosi liefen in das andere Ende des Korridors los. Die Rüstungen verursachten hinter ihnen Höllenlärm, was sie hektischer machte und den Puls in die Höhe trieb.

Rosi: »Hier rein!«

Sie stieß eine zufällig gewählte Tür auf, trat ein und fiel hin. Philipp stürzte ihr nach und konnte sich so auch in Sicherheit bringen. Die Rüstungen fielen weiter bis ans Ende um. Als es still war, sahen sie sich an und beginnen zu lachen.

»Wieso hast du gewusst, dass genau diese nicht verschlossen ist?«

»Die war irgendwie anders. Da war glaube ich was drauf.«

Sie starrten an der Tür hinauf, die mit einem Totenkopf gekennzeichnet war. Beiden fröstelte es plötzlich als sie das Omen des Todes sahen, das nichts Gutes verheißen mochte.

Der Raum war schummrig beleuchtet und erst jetzt rochen sie diesen Tiergeruch. Da hörten sie nur ein paar Meter weiter weg ein Knurren. Beide drehten ihre Köpfe noch immer am Boden liegend um und starrten in das Zwielicht des Schreckens.

Lena und Momo krochen im Gang aufwärts.

»Wer ist denn noch aller da?«

»Nur ich. Momo. Sonst hör ich keinen mehr.«

»Wo sind denn jetzt die anderen?«

»Weiß ich nicht. Kriech weiter. Ich krieg hier fast keine Luft.«

»Jaja. Schau mir ja nicht am Hintern.«

Momo wütend: »Ich sehe überhaupt nichts! Wie soll ich da auf deinen Arsch starren!«

Sie kamen an das Ende des Ganges. Lena drückte gegen die Platte am Ende des Tunnels. Diese fiel mit einem Krach um und sie fanden sich in einem geräumigen Teil des Dachbodens wieder. Er hatte die Größe eines kleineren Turnsaals. Nach einigen Schritten und Abchecken der Gegebenheiten …

»Wow. Hat der hier viel Kram herumliegen.«

»Stimmt.«

Beide sahen sich interessiert die vielen Sammlungen von Bildern, Statuen, Schachteln und Büchern an. Auch fanden sie viele Globen, darunter einen besonders großen, der wohl der Masterglobus sein musste. Einige Stücke waren dabei, die in fernen Ländern vermutlich Wert hatten, die sie aber nicht genauer beschreiben hätten können.

Momo sah den roten Punkt unterhalb einer Kamera in der Ecke und wusste, dass sie beobachtet wurden. Er sah sich nochmal um, bevor er Lena folgendes fragte:

»Du Lena?«

»Ja? Sieh dir mal dieses Buch an. Das ist aus Gold glaube ich. Vielleicht *echtes* Gold. Da gibt's ja Unterschiede.«

»Ja. Gleich. Du weißt ja, dass ich diese Zwischenwette noch laufen habe.«

Lena vertieft im Buch: »Was war das noch gleich?«

Momo schluckte und kam näher zu ihr: »Du weißt ja, dass wir beobachtet werden und dass die Wette auch hier gültig ist. Ich muss … du weißt schon.«

Lena ließ das Buch sinken und sah ihn mit wässrigen, aber bestimmenden Augen an. Sie wusste, sie war hier allein und hätte keine Chance gegen ihn, falls er gegen ihren Willen hantierte.

»Momo. Das lässt du sein. Ich will nicht. Hol dir deine Wette von den anderen Mädchen. Aber Viola und mich lässt du in Ruhe. Wir wollen nichts von dir.«

»Und was ist, wenn ich aber was von dir will?«

Momo griff grob nach ihrer Hand. Lena zuckte zurück.

»Ich warne dich. Hör auf!«

Momo wieherte: »Was willst du denn tun du blöde Kuh. Zier dich nicht so. Hier ist niemand, der dir helfen kann. Mach doch einfach die Augen zu.«

»Und die Beine dazu spreizen, was?«

Momo lachte abermals auf und versuchte die Situation zu verharmlosen und hinunter zu spielen. In diesem Augenblick der Unachtsamkeit, trat ihm Lena mit dem Fuß in seine Weichteile und lief los. Sie hatte auf eine harte Abfuhr entschieden und nun musste sie hundert prozentig die Konsequenzen tragen, falls er sie erwischte.

Momo stöhnte auf, ging in die Knie, hielt sich mit den Händen seine Familienschätze und sah ihr wütend nach. Er schnaufte durch, erhob sich eine paar Sekunden später und nahm die Verfolgung auf.

Lucy und Viola krabbelten den dunklen Gang abwärts. Der schneidend hohe Klang von Viola drang Lucy durch Mark und Bein:

»Bist du noch da Lucy?« Sie wusste genau, dass nur noch Lucy da war, da sie dauernd nachfragte und nur noch von ihr Antworten erhielt.

»Jaja. Wo soll ich sonst sein? Ist Lukas jetzt auch nicht mehr hier? Ich höre jetzt nur noch dich. Scheiße.«

»Ich kann mich nicht umdrehen. Ich glaub die sind alle weg.«

»Na toll. Bist du Lena oder Viola?« *Obwohl das keinen Unterschied macht für mich.*

»Viola. Siehst du vorne schon was?«

»Ich sehe meine Hand vor Augen nicht. Wie soll ich da vorne was sehen?«

»Ich hab Durst. Und Angst.«

»Oh my god. Ja. Ich kann mir im Moment auch was Besseres vorstellen. Ein heißes Bad mit einem süßen Jungen. Aber wir sind nun mal hier und verdienen einen Million Dollar. Scheiße. Hier wird es ganz schön steil. Ich rutsche aaaaab!«

Viola wiederholte den vorletzten Buchstaben: »Aaaaaaaaaaaa!«

Beide rutschten hinab und stießen unsanft das Ende des Ganges auf, das durch ein Holzbrett verdeckt war. Ihr Aufprall am Boden gestaltete sich ebenso unerfreulich, da sie in eine ein Meter tiefe Grube voll gespannter Mausefallen fielen.

Bryan sah mit teuflischer Miene auf den Bildschirm und nickte zufrieden.

»Weiter so meine Kinder. Haha.«

Er nahm einen Apfel, biss hinein und beobachtete weiterhin angeregt die Szenen.

Miriam, Niklas und Lukas hatten sich in den Käfig gestellt und diesen verschlossen. Gespannt warteten sie auf die Gefahr, doch diese schien aus zu bleiben. Abwechselnd blickten sie durch das Sichtfenster. Eine weitere Tür führte aus dem Raum mit dem Hartplastikkäfig wieder hinaus, doch diese war verschlossen. Sie hätten nur als weitere Möglichkeit noch gehabt, zurück in den Raum zu gehen, wo das *Mausefallenbett* stand. Aus dem Fenster zu klettern war keine Möglichkeit, da sie zu hoch oben waren. Folge dessen schlussfolgerten sie, dass eine Gefahr kam, die nur durch den Käfig gebannt werden konnte, durch ausharren, in dem sie ja schon geübt waren.

»Kommen wieder die Panther und Löwen?«

»Keine Ahnung. Aber der wird hier nicht umsonst herumstehen.«

»Seid mal leise. Was ist das? Siehst du nichts? Lass mal mich her.«

»Nein. Alles normal.«

Da bemerkten sie ein rasselndes Geräusch von oberhalb. Überrascht hoben sie ihre Köpfe, um den Ursprung des rollenden Rumpelns ausfindig zu machen. Aus einem offenen Rohr, das sie vorher oder zumindest in der Raubkatzennacht nicht gesehen hatten, kam flüssiger Beton. Alle wichen auf die Seite des Käfigs aus, als die Flüssigkeit in die Mitte spritzte.

Miriam: »Raus hier! Das ist eine Falle! Der will uns zubetonieren!«

Lukas: »Scheiße!«

Niklas wimmerte und versuchte sich dünn zu machen, obwohl er das nicht versuchen musste, da er es war.

Lukas fühlte sich als Alphatier und als Macher und stürmte zum Käfigschloss. Er drehte leider so unglücklich den Schlüssel um, dass dieser im Schloss brach. Mit Entsetzen zeigte er den abgebrochenen Schlüsselteil seinen beiden Mithäftlingen.

Miriam schüttelte den Kopf, bekam dicke Kabel am Hals und schnauzte ihn an: »Nicht wirklich! Du Vollidiot! Nur eine große Schnauze!«

Lukas: »Halt die Klappe du blöde Schlampe!«

Miriam wurde mehr als wütend bei dieser Beschimpfung:

»Du blödes Arschloch!«

Sie stürzte sich auf den völlig überraschten Lukas. Dieser prahlte gegen die Käfigwand mit seiner Hinterseite und bekam Schläge mit der flachen Hand in sein Gesicht verpasst. Dann krallte Miriam sich in seinen Körper hinein. Lukas schrie auf und verteidigte sich, indem er sie irgendwie packen konnte, sie niederrangelte mit seinem Gewicht und beide stürzten in die Betonsuppe am Boden und wälzten sich so gut es ging im kleinen Käfig hin und her.

Rache für den Schlag von Momo am Hinterkopf und deren andauernde Blödheit und Aufmüpfigkeit und Sturheit!!!

Niklas schloss die Augen und sagte leise: »Hört auf. Wir müssen zusammenhalten.«

Der flüssige Beton am Boden nahm zu. Die Flüssigkeit konnte durch das Hartplastik, das rund um den Käfig gut befestigt war, nicht abfließen und so füllte sich dieser langsam auf.

Verzweifelt begann Niklas den Beton mit seinen Händen durch den oberen Teil des Käfigs, wo kein Plastik angebracht war, durch die Gitterstäbe zu schaufeln bzw. zu schießen. Miriam und Lukas hörten zu rangeln auf, als sie die zunehmende Gefahr wahrnahmen und halfen ihm.

Sie merkten nach nicht mal einer Minute, dass dies nicht wirklich viel Sinn machte und der Beton von oben kein Ende zu nehmen schien. Ihr Glück war, dass es wenigstens nicht schnell ging, da der Rohrdurchmesser nicht besonders groß war.

»Versuch die Käfigtür einzutreten du Möchte-gern-Kraftprotz!«

Der angeschlagene, im Gesicht rote Lukas versuchte sein Glück und trat ein bis zwei Mal erfolglos dagegen, wobei es schon schwer genug war, die Füße aus dem Beton zu heben. Allein *das* war schon ein Kraftakt für sich.

Aus dem Dunkeln heraus kam das Knurren immer näher. Sie bemerkten erst jetzt die Gitterstäbe vor ihren Augen. In diesem Moment sprang ein Tiger zum Rand seiner Zelle hin und versuchte mit seinen Pranken durch die Stäbe sich sein Abendessen zu sichern.

Rosi und Philipp wichen im letzten Moment zurück. Beide keuchten den Teufel aus der Lunge hinaus.

Philipp: »Das war knapp.«

Rosi: »Können wir aus diesem Raum bitte verschwinden? Die Ritterrüstungen liegen ja jetzt eh schon alle. Da ist sicher keine Gefahr mehr draußen.«

»Augenblick. Ich möchte mich nur kurz umsehen. Die Tiere sind bestimmt alle eingesperrt.« »Bist du sicher?«

»Glaub schon. In dieser Nacht ist ja das Thema *Fallen*. Oder? Das würde ja gegen sein, äh, Ego verstoßen, zweimal dieselbe Sache zu bringen. Oder? Würde ich jetzt mal wieder sagen.«

Rosi nachdenklich: »Ergibt ein bisschen Sinn.«

»Na dann. Sieh den Tiger einfach nicht an. Gibt es hier auch mehr Licht, oder war es das?«

»Hier ist ein Schalter.«

Rosi betätigte den Lichtschalter und der Raum wurde bis ins letzte Eck ersichtlich. Der Anblick ließ beiden wieder mal den Atem stocken.

Momo hatte am Dachboden Lena aus den Augen verloren. Gehässig und stark im Vorteil fühlend schrie er: »Wo bist du Schlampe? Jetzt lass es einfach über dich ergehen.«

Da sah er eine Silhouette in einem Kasten, freute sich, schlich hin (wenn man das schleichen nennen konnte, wenn jedes Mal der Holzboden unter seinem Übergewicht knarrte), sprang hinein (wenn man das Sprung nennen konnte) und packte zu. Er drehte die Gestalt um und stellte fest, dass er sich auf eine Puppe gestürzt hatte. Da ging der Kasten hinter ihm zu und das Schloss klickte ein. Er drehte sich um und konnte aus einem Sichtspalt hinaussehen und sah die triumphierende, erfreute Lena.

»Da wirst du jetzt bleiben du Unhold. Die ganze Nacht. Ätschbätsch!«

Momo spottete zurück: »So viel Intelligenz sieht dir gar nicht ähnlich.«

Lena spottete zurück: »Du hast mich auch nicht enttäuscht. Du wirst bis Ende unseres Spiels da drin bleiben. Habe es mir grad anders überlegt.«

Momo gleichgültig: »Mir egal. Glaubst du, mir macht das was aus und ich habe hier Angst?«

»Mir auch egal. Dein Lukas wird dich schon holen.«

»Ja verschwinde endlich. Ich kann deine Stimme nicht mehr ertragen. Ich mach es mir hier mal gemütlich.«

»Kein Problem. Ich muss nur noch hier rausfinden.«

»Für das bist zu blöd.«

»Du bist dann noch blöder. Du bist auf meinen Trick reingefallen. Das muss ich unbedingt Viola erzählen.«

»Ja. Geh doch zu deiner dummen Freundin.«

Wie auf Zuruf, erblickte Lena ein paar Dosen in einer Schachtel. Eine nahm sie raus und sprühte durch den Spalt in Momos Augen. Dieser schrie auf. »Wie war das?«

Sie drehte sich um, ging ein paar Meter weg, um einen Ausgang zu suchen, doch da merkte sie, dass Momo lauter und irgendwie anders schrie, als sie angenommen hatte. Sie drehte sich abermals um und ging zu ihm hin. »Jetzt stell dich nicht so an. Du wolltest mich vergewaltigen. Das war nur, äh, Schmieröl«, las sie von der Dose runter.

»Hol mich sofort hier raus! Da kommen Stacheln hinten raus!«

Lena erschrocken: »Was?«

»Stacheln! Das ist eine fucking eiserne Jungfrau!«

Lena trat erschrocken zurück und betrachtete den Kasten genauer.

»Keine Zweifel. Das ist wirklich eine eiserne Jungfrau!«

»Ja ich spüre es du beschissene Schlampe! Sperr auf!«

Lena suchte hektisch nach einem Schloss, nach einem Schlüssel, nach einem Gegenstand zum Öffnen, während Momo wie am Spieß brüllte.

Nervös mit tränenden Augen schluchzte sie: »T-tut mir leid.«

Momo schrie: »Sperr einfach auf!«

Sein Geschrei wurde immer lauter, Lena hantierte gestresst an der eisernen Jungfrau herum, bekam sie aber nicht auf. Momos Geschrei geriet in ein gurgelndes Geräusch und verstummte schließlich rasch. Tränenüberströmt blickte Lena nochmal durch den Spalt und sah, dass sein Gesicht gegen die Türwand gepresst wurde. Sie starrte ihm genau in die geröteten Augen, von denen seitlich Blut austrat. Die Stacheln hatten ihn vollständig durchbohrt. Lena plumpste vor lauter Entsetzen um und starrte mit offenen und großen Augen auf die Todesmaschine, die sie als Kasten verwechselt hatten.

Währenddessen studierte Bryan in seinem Computerraum vor den Bildschirmen eine Liste und fuhr mit dem Finger darauf hinunter.

»Tod in der eisernen Jungfrau – 250.000 Dollar. Perfekt.«

Lucy und Viola mussten sich unterdessen mit glasigen Augen die Mause-fallen von den Fingern und aus den Haaren nehmen und durch ein kleines Meer an Fallen weitermarschieren, bis sie den Grubenrand bzw. den Beckenrand der Fallen erreichten. Immer wieder schnappten sie zu. Doch solange sie nicht stolperten, war das kein Problem mehr.

Lucy fluchte: »So ein sadistisches Schwein.«

Nach dem Bad der Mausefallen stiegen sie auf einen kurzen Steg und mussten durch das nächste Bad gehen – Einem Bad voller Nägel.

Keine andere Möglichkeit gab es in dem langen Raum, vielleicht am Rand verschont durchzugehen. Bevor sie losgingen, wollte Lucy Viola motivieren, die sehr depressiv bereits drein guckte:

»Stell dir mal vor, wir wären hier Barfuß unterwegs.«

»Naja. Meine Schuhe haben jetzt nicht unbedingt die dicksten Sohlen«, war die demotivierte Antwort der Blonden.

Sie atmeten nochmal tief durch und gingen in das Becken der Nägel.

»Dort drüben ist schon die Tür!«

Es kam, wie es kommen musste. Viola stolperte ungeschickt, fiel und stieß sich einen Nagel seitlich in das Knie hinein. Die Folge:

Sie schrie laut auf!

Lucy verdrehte die Augen, drehte sich um und half ihr.

»Ich will die Schmerzen nicht verharmlosen, aber bitte hör zu schreien auf. Ich helfe dir ja. Das ist nicht so schlimm. Stell dir vor, es wäre dein Kopf gewesen.«

Viola schluchzte: »Du hast Recht. Ist nicht so schlimm.«

Lucy zog ihr den Nagel heraus. Ein weiterer Schrei von Viola.

»Es tut weh!«

»Der war nicht mal einen Zentimeter drin!?! Komm jetzt! Dort ist der Ausgang. Ich halt dieses Schreien hier nicht mehr aus.«

»Schreien? Du meinst die Nägel!?!«

Lucy mürrisch: »Ja, ich meine die Nägel.«

Viola legte den Arm um Lucys Schultern und beide gingen vorsichtig weiter durch das Becken zum Ausgang.

Rosi und Philipp betrachteten einen Raum voller Terrarien und Käfigen, in denen einige der bekannten und schon getroffenen Tiere darin eingesperrt waren. Verblüfft und beeindruckt gingen sie durch die Reihen.

»Fuck.«

»Das kannst du laut sagen.«

Sie marschierten zwischen den Tiergefängnissen in die Raummitte durch, in der ein großer Schrank stand. Die Hunde und Raubkatzen rund herum brummten und knurrten gefährlich. Eine Sandviper rasselte mit ihrem Schwanz. »Wie kann der die Tiere alle betreuen ohne Personal?«

»Der hat bestimmt so seine Tricks. Denen geht es nicht schlecht. Glaube mir. Das sehe ich. Diese Exemplare hier sind wohlgenährt und gesund. Gott sei Dank, sonst hätte ich sie befreien müssen.«

Sie zwängten sich bei ein paar Gitterstäben vorbei. »Ich nehme an, den soll niemand hier finden, da jeder, so wie du aus dem Raum gleich gegangen wäre.«

Sie öffneten ihn. Der Schrank hatte zehn Fächer, war aber bis auf ein Stück völlig leer. Akribisch suchte Philipp alles ab, ob er nichts übersehen hatte. »Was ist das?«, fragte Rosi.

»Das ist eine Videokassette.«

»Was denkst du was da drauf ist?«

»Ich hab einen leichten Verdacht. Komm mit«, sagte Philipp, warf einen Blick zu den Kameras in den Zimmerecken, die auch hier zu finden waren, wollte gerade aus dem Raum gehen, als er ein weiteres Detail entdeckte – An einem Tiger: Ein eingerissenes Ohr!

»Alice?«

Lucy schwitzte und keuchte: »Kannst du nicht versuchen selbst zu gehen?« Viola: »Das geht nicht. Es tut weh.«

»Jaja. Ich schlepp dich eh weiter. Wenn wir nur wüssten, welche Scheißtür aus dem blöden Labyrinth führt.«

Viola lehrreich: »Durch Schimpfen werden wir das nicht erfahren.«

Lucy erbost: »Shit! Shit! Shit!«

Sie öffneten eine weitere Tür und erblickten einen großen Käfig mitten im Zimmer. Unten um den Käfig herum, schien eine graue Flüssigkeit ausgelaufen zu sein. Dunkle Schatten bewegten sich hinter dem Hartplastik.

Lucy deutete Viola *Stille* mit dem Zeigefinger auf den Mund und lud sie auf einem Sessel ab.

»Hallo? Ist da wer?«

»Miriam?«

»Lucy?«

Sie ging zum Sichtfenster des Käfigs und sah ein seltsames Bild. Alle drei gingen im selben Abstand Runden. Die Betonsuppe reichte Miriam und Lukas bis zum Bauchnabel. Niklas etwas darüber. Er hatte Schwierigkeiten mit dem Tempo mitzuhalten.

»Äh, stör ich?«, begann jetzt Lucy zu lachen, als sie sah, dass alle wohlauf auf waren, bis auf ein paar Schrammen in Lukas Gesicht. Alle drei hatten graue Betonspritzer im Gesicht, an den Händen und an der Kleidung.

»Wir dürfen nicht aufhören zu gehen, sonst trocknet der Beton«, antwortete Miriam ruhig.

»Was war bei euch sonst so?«

»Nichts, nur das übliche Klischee. Der Muskelmann bricht den Schlüssel ab und wir wären dem Tod geweiht gewesen, wenn der Beton von oben nicht aufgehört hätte zu rinnen.«

Lukas verdrehte die Augen und keuchte müde aus. »Geh schneller verdammt!«, schimpfte er zu Niklas nach vor. Miriam sah mit einem grantigen Gesicht zum Sichtfenster: »Bitte hol mich hier raus, sonst töte ich den Trottel da vor mir.«

Lucy, immer zu Streichen aufgelegt mit den perfekten Worten:

»Klar. Ich habe das Werkzeug dazu in meiner Hosentasche. War knapp mit dem Flüssigbeton, was?«

Miriam sarkastisch: »Ja. Der Millionär hat wohl eine Rechnung nicht bezahlt, weshalb ihm der Baustoff ausgegangen ist. Gott sei Dank. Jetzt zerdrückt uns der Beton, wenn er fest wird. Ein bisschen grausamer noch, als in der Betonsuppe zu ersticken.«

»Wie kommt ihr da überhaupt rein?«

Miriam und Lukas war die Antwort ein wenig peinlich, also antwortete Niklas: »Wir dachten da kommt was«, brachte er die Situation gut rüber.

Lucy war es aber schon egal und betrachtete neugierig die Käfigkonstruktion. Lukas leicht verstimmt: »Im Schuppen ist Werkzeug. Da findest du sicher eine Schneidmaschine, die das Eisen in null Komma Nichts entzwei schneidet. Oder irgendwas anderes.«

Unbekümmert fragte sie: »Und der Schuppen ist wo genau?«

Lukas ein wenig verärgert, musste aber freundlich bleiben: »Im Garten.«

Lucy dachte gar nicht daran sofort loszulaufen und blickte auf die große Uhr im Zimmer: »Okay. Ich schlage vor, ihr spielt noch ein bisschen Betonmischer. Und zwar genau dreißig Minuten. Dann ist es 6 Uhr und der Spuk hier ist zu Ende. Dann such ich den Ausgang, such draußen den Schuppen und such dann wieder euch.«

Lukas: »Prima.«

Lucy: »Prima.«

Miriam: »Prima.«

Lucy: »Ja, prima. Die Fallen sind dann deaktiviert, falls ihr das nicht verstanden habt. Da kann ich dann gefahrlos durch das Schloss gehen. Aber euch ist das ja egal in eurer grauen Suppe.«

Plötzlich stand Lena weinend in der Tür. »Ich will nicht mehr«, gab sie tränenüberströmt von sich.

Alle blickten sie erstaunt an, außer Niklas. Miriam und Lukas teilten sich das Sichtfenster, mehr Platz war nicht mehr.

»Bist du da drin Lukas?«

»J-ja, was ist?«

»Dein Freund ist tot. Tut mir leid.«

Viola sprang aus ihrem Sessel, hinkte zu ihrer Freundin hinüber und umarmte sie stürmisch.

Lucy deutete mit schwach erhobener Hand auf sie hin: »Sie kann laufen.«

Lukas: »Wie?«

Viola: »Ist schon gut Mädchen.«

Lena schluchzte: »Eine Falle.«

Lucy: »Scheiß drauf. Ich gehe gleich los.«

Miriam: »Sei vorsichtig und merke dir den Weg.«

Lucy irrte in ein paar Korridoren umher und fand den Weg nach ein paar mühseligen Minuten zu einem bekannten Gang. Ein Bild des Millionärs Bryan hatte sie sich gemerkt und als eklig angesehen. Dieses hatte ihr als Eselsbrücke gedient und den Weg gewiesen. Sie sprach zum Bild: »Dich kenn ich doch.«

Als sie weiterlief, sprach das Bild zurück: »Ich dich auch«, und Bryan schloss sein verstecktes Sichtfenster bei den Augen hinter dem Bild und huschte in der Zwischenwand weiter.

Lucy lief umher und fand doch tatsächlich die Stiegen, die zur Eingangshalle führten. Zusätzlich sah sie Rosi und Philipp auf den Stiegen sitzen, die gegen den dicken Marmorhandlauf gelehnt waren und leicht vor sich hingedöst hatten. Bei den schnellen Schritten von Lucy, die überall widerhallten, schreckten sie hoch.

»Hallo ihr zwei. Ich brauche Werkzeug. Kommt ihr mit? Ich muss die obere Partie aus einem Käfig befreien. Wenn ich wieder hinfinde«, freute sie sich die beiden zu sehen.

Rosi und Philipp gähnten. »Klar.«

»Was habt ihr da?«

»Ein Video. Müssen wir uns dann ansehen.«

»Und wo?« »Niklas und ich haben einen Fernseher mit Kassettenrekorder im Zimmer.« »Was für ein Zufall. Nur ihr?«

»Äh, ja. Irgendwie schon. Aber was ist hier schon normal?«

Als sie zu dritt die Eingangshalle durchquerten, bemerkten sie nicht, dass sie gerade einen Laserstrahl unterbrochen hatten, der folgendes ausgelöste: Ein Riesenhammer durchquerte von links nach rechts den Raum. Lucy und Rosi blickten gerade zum Gittertor, das noch immer den Durchgang zum Essraum blockierte. Diese Unachtsamkeit hätten sie mit dem Leben bezahlt, wäre nicht ihr vorsichtiger Kollege Philipp gewesen, der sie auf ihren Kleidern im letzten Moment zurückkriss, sodass sie alle am Hintern landeten. Der Hammer sauste vorbei und sie entgingen knapp ihrem todbringenden Schicksal.

Sie beobachteten den auspendelnden Hammer ein paar Sekunden und bedankten sich beide bei Philipp.

Mit Ach und Krach hatten sie die Wege zum Geräteschuppen in den Garten und auch wieder zurück in den Raum des Betonkäfigs geschafft und gefunden. Es war nach 6 Uhr. Die Fallen waren deaktiviert. Trotzdem blieben sie aufmerksam und vorsichtig.

Philipp schnitt das Plastik und die Gitterstäbe mit einer Trennscheibenmaschine so weit weg, dass die Insassen ohne Verletzung raus konnten.

Alle saßen im Zimmer von Philipp und Niklas vor dem Fernsehapparat auf dem Boden, der Couch oder dem Bett. Sie beobachteten gespannt, wie Philipp die Kassette in den Rekorder schob.

Lukas hatte das größte Trauma von allen in dieser Nacht, durch den Verlust seines Freundes Momo, weggetragen. Wie viele Jahre waren sie Freunde? Was hatten sie alles zusammen erlebt? Alles weg!

Er wollte die Leiche von ihm sehen, weil er es nicht begreifen konnte, doch die anderen konnten ihm diese Aktion ausreden. Lena teilte nur ihnen mit, er wäre aufgespießt worden. Sie hätten es ihm nie schonend beibringen können und so menschlich und fair wollten sie zu ihm sein.

Das Video startete. Philipp setzte sich ebenfalls nieder und stellt die Lautstärke höher. Der Bildschirm am Fernseher flackerte auf und er zeigte andere Kandidaten, die gerade in der Eingangshalle warteten. Man konnte die Gesichter nicht gut erkennen, jedoch sehr wohl die Silhouetten der Gestalten. Frau und Mann konnte man unterscheiden. Auch Bryan konnte man unverblümt erkennen, als er die Stiegen hinunterschritt.

»Spul vor.« »Wieso hört man nichts?« »Die Kameras dürften nur die Bilder einfangen. Keine Töne.« »So billig?«

Philipp grimmig: »Präpariert. Hundert pro.«

Er sah plötzlich eine Gestalt, die seinem Bruder sehr ähnelte und rückte so weit vor, dass nur noch ein paar Zentimeter Abstand von seinem Auge zum Bildschirm war.

Lukas mit verstörenden Blick zu Lena: »Wie ist es passiert? Sag!«

Lena blickte sich hilfesuchend bei den anderen um. Miriam übernahm die Hinterbliebenen-Rede: »Eine eiserne Jungfrau. Kennst du sowas?«

»Scheiße. Ja klar. Da ist er einfach rein?« Sein Blick wandte sich nicht von Lena weg. Er schüttelte den Kopf und konnte es nicht glauben.

Lena leise: »Tut mir leid. Es ging so schnell. Wir dachten, dass das ein Kasten ist und dass da wer drin steht und auf einmal ist die Tür zugegangen.«

Lucy zu Philipp: »Was ist mit dir? Willst schlechte Augen bekommen? Auf was schaust du? Kennst du jemanden?«

Philipp rückte wieder zurück: »Nur meinen Bruder.«

Alle blickten verdutzt zum Zirkusjungen. Dieser drehte sich zu den anderen um.

»Das Bild in der Eingangshalle zeigt meinen Bruder. Er hat diesen Scheiß hier gewonnen.«

Stille bei den Mitstreitern. Alle sahen in gebannt an.

»Das ist kein Zufall, dass ich hier bin.«

Lukas: »Wieso machst du bei dem Scheiß, wie du es nennst mit, wen ihr um eine Million schon reicher seid?«

»Mein Bruder ist nie nach Hause gekommen.«

Lucy: »Dann war er gierig und wollte nicht teilen.«

Philipp verteidigte aufbrausend: »Nein. Ihr kennt ihn gar nicht. Das sieht ihm nicht ähnlich. Wir sind eine Familie im Zirkus und halten zueinander. *So* ist Zirkus. Jeder von uns würde das Geld dem Zirkus geben.«

Er dachte an sein Tigerweibchen Alice und verscheuchte böse Gedanken über den Direktor, weil er sich absolut nicht mehr sicher war, was für ein Spiel dieser spielte. Vielleicht hatte Bryan den Tiger gestohlen, was aber gar nicht nahelag, weil man nicht ohne großes Aufsehen einen Tiger stehlen konnte.

Rosi mitfühlend: »Und du bist hier, weil du rausfinden willst, was mit deinem Bruder passiert ist?«

Philipp: »Genau. Ich hab eine Einladung bekommen und hab so ein Gefühl dabei gehabt, dass ich hier womöglich Antworten bekomm. Ist ja komisch, oder? Ein Unbekannter hinterlässt eine Karte mit einer Einladung für eine Party darauf.« Seine Laune und sein Gesicht schlugen in Bösartigkeit um, was man gar nicht von ihm kannte, außer sein Gerechtigkeitssinn ging mit ihm durch: »Ich kann mich kaum im Zaum halten, wenn ich den Scheißkerl sehe. Verteidigt habe ich ihn auch noch beim Tiger.«

Lukas betrübt in der Stimmung, jedoch nicht im Verstand: »Frag ihn doch einfach, wo er ist, wenn du glaubst, dass er etwas damit zu tun hat.«

Philipp blickte Lukas neutral an und nickte kaum merklich.

Lucy: »Spul vor, vielleicht sieht man, was mit deinem Bruder passiert ist.«

Miriam: »Glaub ich nicht. Das Band zeigt ja die ganze Zeit nur die Eingangshalle.«

Philipp spulte weiter und schneller vor.

Die Kandidaten sahen am Bildschirm im Vorlauf, dass einige Hunde die Halle durchquerten. Unten links sah man die Zeit, die rasend vorbei ging.

Die nächste Nacht zeigte die Kriechtiere und einige Kandidaten, die wild herumliefen. Die ganze Nacht durchquerten sie an die zehn Mal die Halle.

Die nächste Nacht zeigte die Raubkatzen. Ein Mädchen lief knapp ein paar Meter neben einem Panther vorbei. Dieser verfolgte sie.

Lena hielt sich die Hand vor den Mund: »Scheiße.«

Viola ebenfalls tief betroffen: »Die ist bestimmt nicht mehr entkommen.«

Lucy gelangweilt: »Glaub ich auch nicht.«

Die nächste Nacht zeigte wie die Kandidaten in einer Traube manchmal die Halle durchquerten. Manchmal einzeln.

Miriam schnippisch: »Ob die auch jemanden dabei gehabt haben, der gegen diese Scheiße hier war und zurück gehalten wurde?«

Lucy umarmte Miriam sofort spielerisch. »Ich bin froh, dass du wieder was sprichst mit mir und dass wir noch Freundinnen sind.«

»Kann ja nicht noch länger böse sein, oder? Das haben wir jetzt alle davon. Jetzt können wir nicht mehr aufgeben. Zwei Nächte noch. Die schaffen wir auch noch. Du lädst mich dafür auf ein Essen ein.«

Lucy grinste: »Gern.«

»Aber in ein superteures Restaurant.«

Lucy: »Wie Sie wünschen, Eure Majestät.«

Lukas gar nicht angetan vom Mädchenkram: »Haltet die Fresse! Mein Freund ist tot. Der schafft das nicht mehr.«

Miriams Laune schwenkte blitzartig um. Sie drehte ihren Kopf zu Lukas und raunte: »Dann hättet ihr letzte Nacht aussteigen müssen, so wie ich es gesagt habe! Jetzt ist es zu spät. Nein. Zu spät für dich noch nicht. Du kannst noch immer gehen und bewahrst dein Leben. Also geh!«

Lukas presste seine Lippen zusammen, dachte sich *Elende Schlampe* und blickte auf den Bildschirm zurück. Alle anderen waren etwas geschockt daneben, aufgrund des rasanten Wutausbruchs von Miriam und der Verschwiegenheit des Schlägers. Das nahe und schnelle Geld betörte seine Sinne und war wichtiger als das hohe Risiko des eigenen Ablebens.

Die nächste Nacht im Video zeigte die gerade bestandene Nacht. Ein Kandidat lief durch die Halle. Der Riesenhammer sauste vorbei und katapultierte den Kandidaten an die gegenüberliegende Wand, wo seine Leiche an der Wand hinunterrutschte und ihr einen neuen roten Anstrich gab. Die Kandidaten vor dem Fernseher riss es beim Anblick des Todes.

Lucy: »Scheiße.«

Rosi: »Fuck.«

Miriam vorsichtig zu Philipp: »War das …«

Dieser antwortete mit zittriger Stimme: »Nein. Das war jemand anderes. Mein Bruder war das nicht. Zum Glück.«

Niklas zeigte auf den Bildschirm: »Der Hammer hängt immer dort. Habt ihr das gesehen? Den hat er nicht erst montiert. Da hängen so Vorhänge davor. Und ich hab mir noch gedacht, dass das ein Hammer sein könnte.«

Alle blickten ihn ausdruckslos an.

Lukas wollte besserwisserisch sein: »Na wie soll der allein alle Fallen aufstellen? Die sind einfach alle da. Der muss sie wahrscheinlich nur im Computerraum aktivieren. Fertig.«

Viola: »Jetzt sollten wir gut aufpassen, was in der nächsten Nacht kommt.«

Lucy zeigte ihr den Daumen: »Hast voll Recht.«

Im Schnellvorlauf sahen sie, wie jemand die Leiche der gehämmerten Person wegschliff. Höchstwahrscheinlich war diese Bryan, es sei denn er hatte den Aufräumdienst mit einer Zwischenwette verknüpfen können und hatte dies beauftragt. Sonst tat sich im Video am Tag nicht mehr viel.

Der Bildschirm zeigte den Verlauf zum Anfang der nächsten Partynacht. Man konnte die Kandidaten sehen, wie sie die Stiegen zum Essen und nach dem Essen wieder hinauf gegangen waren.

Die Eingangshalle war dann von 21:30 Uhr bis 2 Uhr in der Früh leer. Dann hangelte sich langsam und torkelnd ein Mädchen am Handlauf die Stiegen hinunter.

Alle beobachteten gespannt die schlechten Aufnahmen.

»Was hat sie?«

»Sssch!«

»Was Sssch? Es ist kein Ton!«

»Trotzdem Ruhe.«

Mitten in der Halle blieb sie stehen und schien an die Decke zu schreien, da ihr Mund weit offen stand. Sie fiel auf die Knie und nahm sichtbar ein Messer in die Hand, das vorher nicht gesehen wurde.

»Ist sie verletzt?«, fragte Lena.

In diesem Moment schob sie sich das Messer direkt ins Herz.

Schock!

Kein Wort!

Die Aufnahmen waren teils unvollständig und so sprang der Bildschirm sofort in die nächste Nacht, was man anhand der Zeit feststellen konnte. Man konnte ein paar vereinzelte Kandidaten von links nach rechts laufen sehen. Dann ging Bryan vom oberen Bildschirmrand nach unten, quasi die Treppe hinunter zum Haupttor.

Lange nichts.

Dann konnte man erkennen, dass einige Kandidaten von rechts nach links zurück liefen. Wenig später ging Bryan von unten nach oben. Dann war die Kassette zu Ende. Die Kandidaten vor dem Fernseher sahen sich mit ahnungslosen Gesichtern an.

»Und um was geht es jetzt in den letzten beiden Nächten?«

»Das Video wirkt extra für uns präpariert, findet ihr nicht?«

»Hab ich schon vorher gesagt. Das ist fix so. Wir sollen nur das sehen, was wir sehen sollen.« *Und finden, was wir finden sollen*, dachte sich Philipp weiter.

Ratlose lange Gesichter und keine Antwort.

Sechste Nacht

Bald begann die offizielle sechste Nacht. Leichte Nebelwolken waren draußen im Garten am Boden zu sehen. Der Gärtner kehrte als wohl letzte Arbeit für heute die Äste zusammen, die er am Tag von den Sträuchern geschnitten hatte. Die Gartenlandschaft sah jetzt wieder perfekt gepflegt aus. Zwei Krähen, die auf dem Wegweiser saßen, blickten ihn böse an.

Zimmer von Miriam, Lucy und Rosi:

Miriam lag am Bett und hatte die Augen geschlossen, Lucy war nach draußen gegangen, um die Blondinnen zu besuchen und Rosi saß auf den Polstern auf der großen Fensterbank und blickte ins Handy.
»Wir haben hier schon wieder kein Netz.«
»Wen willst denn anrufen? Polizei?«
»Nein. Wozu? Wegen Momo? Hier ist doch *alles* illegal. Und niemand will die Million versteuern. Wegen dem Internet sag ich das. Das ist extrem langsam.«
»Hast du schon den Millionär gesucht?«
»Schon zig Male. Leider nichts gefunden.«
»Das Schloss. Gib mal das Schloss ein.«
»Und wie heißt das Schloss?«
»Wie die nächste Ortschaft meistens. Vermutlich.«
Rosi kicherte: »Und wie heißt die nächste Ortschaft? Hihi. Ich bin nicht von da.«
Miriam kicherte ebenfalls: »Ich auch nicht. Google einfach. Auf Maps findest du bestimmt etwas.«
Einen Moment lang war es still.
»Da steht nur, dass das Schloss 1765 gebaut worden ist und zwar von, äh, was?« »Was ist?«
»Den Artikel kannst vergessen. Bryan hat das Schloss gebaut.« »Was?«
»Und der Bearbeiter des Artikels ist *sexyBryan1765* zusammengeschrieben.« Miriam lachte.

Ein paar Momente später …

Rosi: »Wo ist Lucy so lange?«

Miriam: »Keine Ahnung. Vielleicht am Klo. Oder sie besucht Philipp und Niklas.« »Oder die Blondies.«

»Ja, das hat sie gesagt. Hm.« »Gehen wir zum Abendessen?«

Miriam seufzte und erhob sich vom Bett.

»Okay. Gehen wir es an. Bist du bereit?«

»Na klar. So wie bei den anderen Nächten. Unvorbereitet und naiv.«

Beide kicherten, aber nicht so laut, dass sie Lukas hören konnte, da sie alle die Türen der Zimmer offen hatten, als gegenseitigen Schutz vor möglichen Überraschungsangriffen. »He, die sind alle schon unten.«

»Solche Penner. Keiner sagt was.«

Sie gingen die Stufen in die Eingangshalle hinunter und betrachteten die stillgelegten Fallen: Den Hammer, versteckt hinter Tüchern und Fetzen, ebenso wie das Gittertor.

Im Speisesaal angekommen (Lena, Viola, Niklas, Philipp und Lukas saßen schon da) fragte Miriam beim Niedersetzen durch die Runde, als sie Lucy nicht erblickte: »Habt ihr Lucy gesehen?«

Lena: »Nein. Die wohnt ja bei euch im Zimmer.«

Rosi: »Sie ist rausgegangen.«

Philipp: »Riecht ihr das?«

Niklas zu Philipp: »Das muss das Essen sein.«

Nach ein paar Minuten des Wartens und ein paar Blicken auf die Uhr, konnte niemand mehr dem Geruch des Essens widerstehen und sie pfiffen auf die Anwesenheit ihres Gastgebers und Lucy.

Die anwesenden Kandidaten gingen in die Küche und entdeckten fertige Gerichte und Getränke in Töpfen, Gläsern, Tellern und sogar Kübeln, jedoch keine Spur von Bryan. Eifrig hungrig begannen sie zu essen und zu trinken. Sie trugen das Essen nicht mal mehr zum Esstisch ins andere Zimmer. Einige setzten sich auf die Anrichten, die hohen Barhocker oder auf den Boden.

Nach einer halben Stunde kam Lucy keuchend hinein.

»Da seid ihr ja.«

Miriam: »So wie immer um die Zeit. Wo warst du?«

»Ist der Millionär gar nicht da?«

Lukas mit vollen Mund: »Auf das Arschloch warten wir nicht. Millionäre und Mörder sind hier unerwünscht.«

Philipp sah sie verbissen an. Lucy runzelte die Stirn, sagte kein weiteres Wort und nahm sich ebenfalls vom Schinkenauflauf ein Stück auf ein Teller. Sie setzte sich neben Miriam auf den Barhocker und begann zu essen.

Lucy: »Ist das Jack Daniels?«

Rosi kicherte: »Ja. Die Flaschen sind hier schon angerichtet gewesen. Serviert sind nicht geworden. Egal. Wir brauchen den Millionär nicht.«

Miriam flüsterte zu ihr: »Wo warst du?«

Niklas riskierte aus seiner gebückten Haltung einen kurzen Blick zu seinem Peiniger Lukas, um seinen Gemütszustand einschätzen zu können. Die Blicke trafen sich.

Lukas mürrisch und gereizt: »Schau weg!«

Philipp: »Er kann nichts dafür.«

Lukas weiter auf Krach aus: »Ach ja?«

Rosi: »Hört auf! Wir haben eine schwere Nacht vor uns.«

Genervt und gestresst in ihrem Inneren setzten sie alle ihr Essen fort. Das Ungewisse erwartete sie und dies macht ihnen allen zu schaffen.

Lucy zischte zu Miriam zurück: »Zwischenwette. Frag nicht. Egal. Alles erledigt. Ich bekomm mein Zusatzgeld.«

Miriam: »Das ist schön.«

Lena zu Viola in üblicher hoher Stimme: »Puh. Der Sekt ist ganz schön stark.«

Viola in üblicher hoher Stimme zurück: »Find ich auch. Ich fühl mich schon ganz ... hihihi.«

Lucy: »Oh my god. Vertragt ihr keinen Alkohol oder wie sieht das aus?«

Lena: »Oh doch. Eine Menge sogar.«

Hungrig aßen sie weiter.

Nach einer Weile …

Niklas zu Lukas völlig selbstbewusst und redegewandt: »Tut mir leid wegen Momo. Ich mochte ihn zwar nicht, aber einen Freund zu verlieren ist wirklich das Schlimmste.«

Lukas reuig: »Kann ich mir vorstellen. Danke. Er geht mir ab. Und danke, dass du mich bei der Riesenschlange gerettet hast.«

Niklas: »Ich weiß eben wie man mit Lanzen umgeht. Er zwinkerte Lena zu.« Diese kicherte irre in Kombination bei der Sichtung der Geste und beim Hören der Worte.

Lucy blickte mit gerunzelter Stirn zu den beiden. Dann zu Miriam, um ihre Blicke zu vergleichen, ob sie sich gerade verhört hätte. Doch Miriam blickte gar nicht in ihre Richtung, sondern mit halb verdrehten, zugemachten Augen zur Küchentür. Lucy folgte ihren Blicken.

Dort stand Bryan. Er trug einen feinen graustahlen Anzug und eine rote Krawatte. Seine superbuschige schwarze sexy Haarmähne glänzte wie der Anzug. In diesem Augenblick begann er zu lachen.

»I-i-i-a-a-a!"

Dann ging das Licht plötzlich aus. Bryan lachte weiter.

Lucy: »Du stehst noch immer da. Solltest du jetzt nicht verschwinden für deinen Trick?«

»Stimmt. Aber für einen kurzen Augenblick dachtet ihr, dass ich schon weg bin.«

»Nein. Du hast ja durchgehend verrückt gelacht.«

Jetzt verschwand tatsächlich seine Silhouette und das Licht ging wieder an. Lucy drehte sich zu den anderen um, da der Rest hinter ihr war und sie der Tür am nächsten war.

»Was ist denn mit dem los? Und was ist mit euch …«

Als sie die anderen Kandidaten erblickte, musste sie feststellen, dass *irgendwas* in der Zwischenzeit des irrelevanten Plauderns mit dem Millionär passiert war. Es wunderte sie schon, dass sich niemand ins Gespräch miteinmischte. Und der Dialog von Niklas und Lukas war sowieso gruselig genug.

Lena und Viola küssten sich innig. Miriam hatte einen Putzfimmel bekommen und schrubbte die Theke wie eine Irre. Niklas hatte eine Fressattacke und stopfte sich wie ein wildes Tier das Müsli in den Mund.

Rosi, Philipp und Lukas waren verschwunden. Das Fenster und beide Geheimgänge standen offen.

Lucy verwirrt: »Ääähhh, sagt mal … Habt ihr sie nicht mehr alle? Seid ihr jetzt alle, äh, blöd? Miriam? Was ist mit dir?«

Sie ging zu ihr hin, berührte sie bei den Schultern und sah ihr in die Augen. »Erde an Miriam? Was ist?"

»So. Bin schon fertig. Ich muss noch schnell fliegen, dann können wir reden.« »Fliegen? Was?«

»Stimmt. Du hast Recht. Vorher sollte ich etwas malen.«

Lucy mit großen Augen: »Das ist eine bessere Idee. Glaub ich. Oh doch. Auf jeden Fall, wenn ich so nachdenke.«

Miriam verließ schwankend den Raum. Lucy stellte sich zu Lena und Viola, beobachtete sie kurz beim Küssen und sprach sie an.

»Habt ihr kein Zimmer? Unsere Nacht fängt gleich an.«

Sie blickte auf die Uhr, die bereits 22:30 Uhr anzeigte. Dann begann sie in den Raum zu schreien: »Seid ihr alle auf Drogen oder so?«

Dann dämmerte es ihr. Doch jetzt verschwammen sogar ihre Blicke. Sie erinnerte sich an das taumelnde Mädchen im Video, das die Stiegen hinunter hangelte. Dann blickte sie auf das Essen und das Trinken in der Küche. Sie nahm ein Stück Kuchen in die Hand und roch daran. Sie nahm eine Flasche Wein in die Hand und begutachtete mit überkreuzten Blicken den Korken.

Ein paar wenige Stunden vorher:

Bryan stand pfeifend in der Küche und hatte eine grüne Schürze umgebunden. In einem Plastikgefäß lagen eine Menge Spritzen mit unterschiedlichster Flüssigkeiten darin. Eine Spritze war mit Xülatoprium beschriftet. Er injizierte sie in alle Lebensmittel und in jedes Getränk, das er in der Küche finden konnte. Alles war präpariert. Nichts ließ er aus. Egal was sie angriffen und zu sich nahmen, sie würden unverschont bleiben. Er murmelte grinsend und hochkonzentriert:

»Möge das Halbfinale beginnen.«

Lucy lief wackelnd in die Eingangshalle. Dort traf sie Miriam, die gerade die Wände mit Farbe beschmierte.

»Woher hast du den Malkasten?« Miriam lustig:

»Keine Ahnung. Der war auf einmal da. Gefällt dir meine Zeichnung? Ist ein Schiff.« »Äh. Ja. Mach weiter. Ich muss schnell nach oben.«

»Fliegst du schon weg?«

»Äh. Nein. Bin gleich wieder da. Rühr dich nicht von der Stelle.«

Miriam malte munter weiter und schien nichts anderes zu registrieren. Lucy lief die Stiegen hinauf. Im Hintergrund durchquerte ein weißes Gespenst den Raum. Unter dem weißen zerrissenen übergestülpten Leintuch steckte Bryan. Dieser sang melodisch zu seinem Einsatz dazu:

»Huuuuuuuuuuuuuuuuuu!!!«

Die Nachrichten des Tages kamen aus den Minimusikboxen in den Ecken jedes Raumes des Schlosses. Die Radio-Moderatorin sagte, dass das Krankenhaus in der Stadt abgebrannt war. Auch sagte sie einige Autounfälle auf den nahen Straßen durch. Nach den Nachrichten spielte es klassische Klaviermusik, später Rockmusik. Die Lichter spielten verrückt. Sie schalteten sich an und wieder aus, wie wenn Wackelkontakt herrschte.

Lucy sah ein seltsames Gemälde, das echt zu sein schien. Tatsächlich lief der Mann im Gemälde plötzlich davon, als er Wind davon bekam, dass er durchschaut wurde.

3 Uhr: Lena saß in einem stillen Raum voller Kuscheltiere an einem Kindertisch, trank fiktiven Kräutertee und unterhielt sich mit einem Riesenteddy.

Mitternacht: Viola tanzte zu einem Love-Song in ihrem Schlafgemach. Alles drehte sich.

23 Uhr: Rosi lag mit dem Gewand in der Badewanne, hat eine Krone auf und zockte am Handy ein Tower-Defense-Game. Ein paar Mal horchte sie auf, weil sie glaubte, aus den Wänden Stimmen gehört zu haben. Tatsächlich stand wirklich Bryan dahinter, redete, kicherte und huschte in der Zwischenwand schnell weiter.

Ein roter Baumwollfaden wurde durch die Gänge gelegt.

Philipp fand eine riesige Betonmischmaschine in einem großen Raum. Er begutachtete mit tränenden Augen zwei Schläuche, die jeweils in eine Stelle des Bodens gingen. Vermutlich gab es zwei dieser Hartplastikkäfige in zwei nebeneinander liegenden Zimmern. Er konnte nicht mehr schlucken und sabberte. »Fuck, was hat der da reingetan?« Er klopfte auf die Maschine, betrachtete die Einstellungen am Display und versuchte sich im Drogenrausch Details zu merken.

Ein Handy wurde ausgetauscht.

23:10 Uhr: Lucys Füße wurden schwer. Sie kroch auf allen vier im Gang herum, kicherte und suchte die richtige Tür. Im Hintergrund lief Bryan von einer Tür in die andere Tür. Die Lichter gingen ein paar Mal aus und wieder an. Lucy murmelte kichernd zu sich selbst: »Mann, ist das starkes Zeug.«

3 Uhr: Miriam schlug mit einem Vorschlaghammer gegen die Wände eines Ganges und redete zu einer eingebildeten Meute: »Sie sind nicht gerade. Sie machen Wellen. Warum? Wer hat das gebaut?«

Mitternacht: Niklas lief aufgeweckt und frisch mit einem violetten Luftballon, den er an der Schnur hielt, durch die Gänge des Schlosses. Zwei Stunden später begann er in der Küche Kakaopulver zu essen. Um den Mund herum war er schon ganz braun. Er bemerkte den laufenden Wasserhahn und drehte ihn zu. Dann drehte er ihn wieder auf, weil er sich nicht mehr sicher war, ob jetzt Wasser floss.

Philipp grub mit einer Schaufel im Garten herum. Es regnete Konfetti. Bryan stand hinter ihm und warf es, noch immer als Gespenst verkleidet, in die Luft. Er blickte auf seine x-teure Armbanduhr, die 2 Uhr Früh anzeigte. Er ging weg, da Philipp keine Notiz vom Konfettiregen wahrnahm.

Lukas zerrte Möbel aus dem Schloss, um anschließend ein Lagerfeuer im Garten zu machen. Leider fand er keinen Benzinkanister im Geräteschuppen. »Scheiße.«

24/7: Bryan lief noch immer mit Leintuch als Gespenst verkleidet unermüdlich durch das Schloss und gab melodische Laute von sich: »Huuuuuuuuuuuuuuuuuu!!!«
Er gab das Leintuch einen Augenblick hinunter und registrierte, dass er ganz oben am Dach des Schlosses außen am Balkon stand.
Er murmelte: »Ach so. Hier ist ja niemand. Was tu ich hier?«

5 Uhr: Lena stand vor einem Gemälde, das einen Hafen mit vielen Menschen zeigte und erzählte jedem ein bisschen von ihrer Lebensgeschichte. Später schlief sie vor einem laufenden Fernseher ein, der gerade eine Szene vom *Angriff der Killerbienen* zeigte.

4 Uhr: Viola lag tot im Garten. Beinahe hätte sie die Sieben-Nächte-Wette platzen lassen können. Doch dies wurde verhindert. Die Strangulationsmerkmale am Hals verrieten den grausamen Tod. Ein paar Meter hatten ihr noch zum großen Stahlgittertor gefehlt. Ihre offenen, leeren, toten Augen starrten in den glasklaren sternenbedeckten Nachthimmel.

Lukas zaghaft: »Hallo?« Er sah sich um, zuckte mit den Schultern und schnappte sich den roten Wollfaden, der mit seinem Namen an kleinen angebrachten Zetteln beschriftet war und folgte ihm in ein Korridorlabyrinth. Wo würde er ihn hinführen? Er war mehr neugierig als ängstlich.

23:30 Uhr: Rosi saß aufrecht in der Badewanne, war beinahe nüchtern, trotzdem aber wie gelähmt, da sie die Nachricht erhalten hatte, dass ihre Eltern beim Brand im städtischen Krankenhaus umgekommen waren. Sie starrte mit großen Augen in ihr Handy, das die Toten des Brandes in einer Liste anzeigte. Es kam ihr nicht seltsam vor, dass dies veröffentlich wurde. Vorher hatte sie mit einem Arzt telefoniert, der ihr eben dieses tragische Unglück bestätigte.

Die unglaubliche Trauer ließ Rosi nicht mehr atmen. Sie nahm sich ein Rasiermesser und ein Skalpell, die zufällig auf dem Hocker neben der Badewanne lagen und begann sich an den Pulsadern aufzuschlitzen.

3:50 Uhr: Viola lief kreischend bei der weinenden Lucy vorbei. Sie kniete am Boden, starrte Richtung Badewanne und der toten Rosi in einem respektablen Abstand. Ein paar Taschentücher lagen um sie herum, in denen sich ihre Trauer wiederspiegelte. Lucy fiel das Handy auf, das am Boden lag …

Eine seltsame Statue wurde lebendig und verließ ihren Sockel, als ein Mädchen daran vorbeilief.

4 Uhr: Miriam lag am Boden der Eingangshalle und war bewusstlos. Sie hatte eine weitere blutige Platzwunde am Kopf. Im Hintergrund lief eine Gestalt mit Eishockeymaske, Schutzpanzer um den Körper und einem Eishockeyschläger in der Hand vorbei, direkt in den Garten. Der verkleideten Gestalt folgte in bösartigem Abstand eine Person mit einer anderen Maske im Gesicht.

3:45 Uhr: Niklas telefonierte mit seinem Handy. »Komme ja gleich Mama. Wirst sehen.«
Dann legte er auf, steuerte durch ein paar Gänge und fand in einem Nebenraum einige Masken und andere Verkleidungsutensilien. Es schien, als könnte man sich in jedes x-beliebige Motiv für eine Maskenparty verwandeln: Pirat, Dämon, Indianer, Clown, Astronaut, Totenkopfmann; Sogar eine Lucy-Maske hang da.

23:25 Uhr: Bryan telefonierte mit seinem Festnetztelefon: »… muss ich Ihnen mitteilen, dass beide im Brand umgekommen sind. Es tut mir schrecklich …«

4:30 Uhr: Philipp fand einige Gewandfetzen und folgte der Spur. Diese führten zu Violas Leiche. Er kniete sich nieder und prüfte ihre Halsschlagader.

»Was hast du nur getan? Du scheinst wohl vor nichts Halt zu machen, wenn es um die Rettung deines Zirkus' geht, was?«

Philipp wirbelte erschrocken um, da er Bryan nicht gesehen hatte und erblickte den Millionär mit feinem Anzug und einer Lucy-Maske im Gesicht. Darunter zeichnete sich ein wahnsinniges Lächeln ab.

»Was soll die Maske?«

»Ach ja richtig.«

Er nahm sie ab und steckte sich eine Zigarette an, die er anzündete und genüsslich daran zog.

»Du bist ein Mörder! Wie kannst du nur?«

Bryan lächelte: »Ich glaube, du verwechselt was. Du hast in deinem Drogenwahn einige Dinge wohl vergessen.«

»Das kannst du mir nicht einreden. Ich würde niemals jemanden töten.«

Der Gastgeber deutete in eine andere Richtung des Gartens.

»Dort. Zwischen den beiden Bäumen kannst du Viola ja gleich mitbegraben. Hast ja das Grab selbst geschaufelt. Es ist zwar schon besetzt, aber daran hast du ja wohl gedacht, als du es immer tiefer gegraben hast. Oder? Sieh dir doch mal deine schmutzige Kleidung vom Schaufeln an. Beweis genug?«

Philipp erschrocken: »Was?« Der Drogenrausch ließ nach ...

Er stand auf und blickte Richtung der Bäume, wo man dunkle Umrisse der Erdhügel am Boden erkennen konnte. Am Himmel wurde es ganz schwammig heller. Er drehte sich zu Bryan um, weil er ihn nicht aus den Augen lassen wollte, doch es war zu spät. Philipp fand nur noch seine glühende Zigarette am Boden.

Jetzt eilte er zum Grab hin, um mit eigenen Augen die Worte des Millionärs zu prüfen. Niklas lag mit einem Eishockeykostüm darin.

3:30 Uhr: Lukas stand mit offenem Mund in einem Raum, der voll beschmierte Wände vorwies. Der rote Faden hatte ihn direkt hier her geführt. Graffitis waren ihm im Grunde egal, wäre nicht die Nachricht auf den Wänden folgende:

MOMO IST ENDLICH TOT und FETTES SCHWEIN und DU BEKOMMST DAS, WAS DU VERDIENST und andere wilde Zeichnungen, die anscheinend Lukas und Momo gegenseitig beim Oralverkehr zeigten.

Er ballte die Fäuste.

3:55 Uhr: Ein Lucy-Gesicht mit Bryan-Körper verfolgte ein Mädchen, erreichte es knapp vor dem Tor und strangulierte es mit einem Strick.

Siebente Nacht

Die grauenhafte Nacht war vorbei, doch eine wartete noch auf die Kandidaten. Die siebente und letzte Nacht. Was würde sie erwarten?
Die Mittagssonne stand hoch am Himmel und brachte Hitze über das Land.

Zimmer von Philipp und Niklas:

Die mehr als schluchzende Lena lag mit Philipp im Bett, der aufrecht hinter ihr saß und ihr die Stirn und die Schultern massierte, streichelte und graulte. Neben ihnen lag Niklas und schlief noch.
Philipp in beruhigendem Ton: »Ich weiß, dass nichts vergleichbar und dass das alles unverzeihbar ist, aber du musst jetzt echt stark bleiben. Wir werden das schaffen.«
Lena weinte: »Wieso? Warum? Wer war das?«
»Es wird einen Grund gehabt haben. Werden wir alles herausfinden.«
Niklas wachte auf und stöhnte laut. Dann griff er sich auf den Kopf und massierte diesen bei den Schläfen.
»Wie geht's dir?«, fragte Philipp.
»Ist mir schon mal besser gegangen. Was ist passiert?«
»Das fragen wir uns glaub ich alle. Ich bin echt froh, wie ich in die Grube zu dir gesprungen bin, dass du noch geatmet hast. «
»Ich war in einer Grube?«
Da kamen Miriam und Lucy in den Raum hinein. Sie übernahmen die Tröstung von Lena im Bett und kauerten sich links und rechts von ihr hin und gaben sich die Hände. Niklas bekam große Augen als so viele Mädchen mit ihm im Bett ganz nahe lagen. Unter normalen Umständen wäre er nervöser geworden, aber sein Kopf schmerzte so sehr, dass er ruhig blieb.
Philipp ging zum Fenster und blickte in den Raum.
Lena wimmerte: »Hab gehört das Rosi auch tot ist. Was ist mit ihr passiert?«

Miriam mit glasigen Augen: »Sie hat sich wegen Fake-Nachrichten das Leben genommen.«

Dann schmiss sie ein Handy auf den Boden. »Hat Lucy bei ihr gefunden. Präpariert. Alles Fake-Nachrichten. Sie hat geglaubt, dass ihre Eltern im Krankenhaus bei einem Brand gestern umgekommen sind und hat sich dann die Pulsadern … Na ihr wisst schon. Es gab aber nie einen Brand.«

Lucy: »Glaubt ihr, dass das alles Bryan war?«

Philipp: »Das kann er nicht alles gleichzeitig machen. Das geht nicht. Der muss Hilfe gehabt haben. Vielleicht war …«

»Vielleicht was?«, fragte Lukas, der ebenfalls gekommen war, um Informationen zu sammeln.

Alle drehten sich nach ihm um.

Philipp: »Ich habe gesagt, dass Bryan Hilfe gehabt haben muss.«

Lukas: »Er bewegt sich in den Zwischenwänden fort. Ich habe ihn gestern gesehen, als er in einer Sackgasse verschwunden ist. Dann habe ich es neben mir vorbei Poltern gehört. Das ist die einzig vernünftige Erklärung. Bis auf den Gärtner hab ich sonst noch kein Personal gesehen.«

Niemand sagte etwas. Sie starrten sich einfach an oder weg.

Miriam nach einiger Zeit des Schweigens: »Wir sollten ein kleines Brainstorming machen. Ich meine, diese Nacht hat uns zwei Leben gekostet. In der vorigen war es eines. Und es wird wahrscheinlich nicht besser. Also sollten wir uns vorbereiten oder zusammenfassen, was jeder gesehen oder gehört hat, um uns einen Plan zu schmieden, der uns schützt und uns irgendwie durch die letzte Nacht bringt.«

Lucy: »Wie willst du dich schützen? Wir wissen nicht was kommt.«

Philipp: »Etwas essen werde ich auf jeden Fall hier nicht mehr.«

Niklas: »Ich bestimmt auch nicht. Mir tut alles weh.«

Philipp zu den anderen: »Ich habe ihn in einer Grube im Garten gefunden, die ich selbst geschaufelt habe. Da ist er hineingestürzt. Fragt mich aber bitte nicht, wieso ich das getan habe. Ich kann mich an sonst nichts mehr erinnern. Außer dass ich Bryan vorher noch getroffen habe, der wirres Zeug geredet hat.« Das Detail mit der Lucy-Maske hatte er fatalerweise vergessen zu erwähnen.

Miriam: »Mich hat jemand auf den Hinterkopf geschlagen.«

Sie griff sich auf ihre Wunde am Hinterkopf.

Lukas aufmüpfig zu Philipp: »Vielleicht hast du mehr getan, als du selber weißt. Oder du sagst es einfach nicht.«

Philipp mit bebender Stimme: »Was willst du damit sagen?«

Lukas fordernd: »Keine Ahnung. Fragen wir einfach direkt. Hast du was mit dem Ableben der anderen zu tun?«

Philipp wütend: »Fick dich einfach!«

Miriam grantig zu Lukas: »Was hast *du* die letzte Nacht getan? Weißt *du* noch alles?« Dann sprach sie die anderen an, indem sie einem nach dem anderen ins Gesicht sah: »Was ist mit euch? Wisst ihr noch was von gestern?«

Lange Gesichter beantworteten ihre Frage.

»Na seht ihr. Niemand hier weiß mehr was. Nur noch schwammige Erinnerungen. Die Drogencocktails oder das Essen – Beides war einfach zu heftig für uns.«

Lukas: »Glaubt ihr echt, dass sich dieser Millionär die Hände dreckig macht?«

Philipp: »Das heißt, du bleibst bei deiner Theorie? Jemand von uns hat ihm geholfen.«

Lukas sagte nichts.

Miriam mitfühlsam: »Lukas, wir haben jetzt drei Personen unserer Party verloren. Er wird dafür büßen. Wir brauchen einen Plan.«

Lena entmutigt: »Er hört alles mit. Das ist sinnlos.«

Niklas: »Außerdem weißt du nicht was kommt.«

Philipp seufzte.

Lena: »Und was tun wir jetzt?«

Lukas schulterzuckend: »Es einfach passieren lassen.«

Philipp positiv: »Aufmerksam und zusammen bleiben und zusammen halten. Das ist glaube ich das Wichtigste.«

Miriam: »Ich freu mich schon auf daheim.«

Lucy: »Ich mich auch, wenn ich dieses Scheißloch verlassen kann.«

Lena und Niklas nickten wild dazu.

Sie verbrachten den restlichen Tag bis 21 Uhr in diesem einen Zimmer gemeinsam. Sie gingen auf und ab, setzten sich mal da und mal dort hin. Nervös blickten sie dauernd auf die Uhr, die unermüdlich ihre Runden drehte. Niemand wollte so knapp vor dem Ziel – dem Erhalt der Million Dollar – aufhören. Es wurde nicht mal angesprochen, ob jemand aufhören wollte. Sie motivierten sich gegenseitig und redeten von Zusammenhalt. »In dieser Nacht müssen wir mehr denn je zusammenhalten.«

Doch es kam anders. Kein Stein blieb am anderen in dieser Nacht.

Niklas spielte mit dem Gedanken die Polizei zu rufen, ließ es aber bleiben, da er erstens kein Netz hatte und zweitens nicht aufgeben wollte und die Million Dollar zu gefährden.

Lena erzählte ein paar Geschichten über Viola. Die anderen horchten ihr zu.

Um 21 Uhr verließen sie das Zimmer und machten sich auf den Weg hinab ins Esszimmer.

Alle, bis auf Lukas waren draußen, der blieb wie angewurzelt stehen, weil er unter dem Bett einen Koffer sah, der halb offen war, wo ein paar Wollknäuel darin hervorlachten. Unter anderen ein rotes Wollknäuel.

Er holte seine Mitstreiter ein und fragte Lucy, die als Letzte ging:

»Und? Was strickst du so?«

Lucy sah ihn fragwürdig an: »Hä? Ich? Miriam strickt. Ich hab spannendere Hobbys.«

»Ach so. Ich wollte nur Smalltalk machen.«

»In der letzten Nacht brauchst du nichts mehr kitten. Wir werden uns nachher nie mehr sehen. Ich hab meinen Eindruck von dir gesammelt und gespeichert.«

»Ich auch von dir.«

Die Kandidaten schritten die Stiegen zur Eingangshalle hinunter.

»Keine Spur von Bryan.«

»Was glaubt denn ihr, wird jetzt kommen?«

»Irgendetwas Übles. Das spür ich schon.«

Sie gingen bei der großen Eingangstür vorbei, beschritten gerade den Raum für das Esszimmer (alle starrten vorsichtig zum Hammer hinauf, ob sich dieser eh nicht bewegte), als es läutete. Alle wirbelten herum und blickten entsetzt, als stünde ein Geist vor ihnen in Richtung der Tür.

»Ich geh schon hin.«

»Hast du sie noch alle? Du bleibst hier.«

»Wer ist das?«

»Wir haben keinen Röntgenblick. Wir lassen den Besucher draußen stehen.«

Sie begannen sich im Esszimmer hinzusetzen. Kein Bryan, kein Essen, kein Trinken, nichts Merkwürdiges im Raum, nur das Läuten an der Tür, das einfach nicht aufhörte. Die Köpfe, Körper und Augen waren zum Ausgang gerichtet. Die Uhr zeigte 21:15 Uhr an.

Nach weiteren zehn Minuten …

»Also nach 22 Uhr gehe ich nicht mehr hin. Von mir aus jetzt noch.«

»Ich hätte das schon gemacht.« »Ich gehe hin. Das ist zu gefährlich.«

»Hab gar nicht gewusst, dass das Schloss eine Klingel hat.« »Ich kann auch hingehen, du großer Held.« »Bitte sehr. Mach doch *du* auf.«

Lukas erhob sich, ging zur Tür. Angespannte Gesichter beobachteten ihn aus dem Raum hinaus. Lukas griff zur Türklinke und drückte sie nieder. Augenblicklich ächzte das große Tor auf und Lukas sprang reflexartig erschrocken zurück.

Vor der Tür stand Bryan mit einem Koffer in der Hand.

Fröhlich verlautbarte er: »Ich dachte schon, es macht mir hier keiner mehr auf.«

»Es war offen.«

»Ich weiß. War nur ein Test, ob ihr wirklich noch hingehen würdet. Und ich muss sagen, ihr enttäuscht mich einfach nicht.«

Er ging mit Lukas in den Speisesaal.

Böse Blicke hefteten an ihm, gepaart mit geballten Fäusten und finsteren Gedanken. Er setzte sich auf seinen Stuhl am Ende des Tisches und lächelte.

»Ich glaube, ich spreche jedem aus der Seele, wenn wir das Abendessen aufgrund erhöhter Emotionalität ausfallen lassen und die Nacht hinter uns bringen. Ich spüre nämlich so eine Angespanntheit. Elektrizität liegt in der Luft. Quasi, eine Scheißstimmung. Was euch nicht zu verübeln ist, durch einige tragische Verluste.«

Er wollte alle nochmal für die bevorstehende Partynacht motivieren fleißig mitzumachen und sprach:

»Ab 6 Uhr stehen die Koffer im Garten beim Eisentorausgang bereit. Dann seid ihr frei, habt gewonnen und könnt gehen. Jeder Koffer ist natürlich mit einer Million Dollar gefüllt. Ohne einer Schlange zwischen den Scheinen. I-i-i-a-a-a!«

Er öffnete den mitgebrachten Koffer und zeigte die Geldscheine darin her. Es waren lauter Ein-Dollar-Noten. Er schüttete den Inhalt auf den Tisch und schaufelte es zu den Kandidaten rüber. Niemand griff auf das Geld hin, als wären die Scheine Gift.

»Für das hier macht ihr diese Nächte. Die letzte Nacht ist die Schwierigste. Starten wir?« Sie konnten seine Emotion nicht deuten.

War sie lustig? War sie bösartig? War sie was dazwischen?

Niemand sagte was. Niemand regte sich.

Bryan blickte auf die Uhr, anschließend durch das Fenster auf den Vollmond. Miriam, Lucy, Lena, Philipp, Niklas und Lukas standen alle gemeinsam auf und stellten sich hinter die Stühle, bereit für alles, besonders zum Davonlaufen. Überrascht sah der Anzugträger durch die Reihen.

Ein Lächeln huschte über sein Gesicht. »Macht euch bereit. Es ist zwar erst 21:30 Uhr, aber egal. Es wird Zeit. Trödeln wir nicht lange herum. Falls ihr euch Sorgen um die Leichen eurer Freunde macht, so seid unbesorgt. Ich hab sie in einer Kühlkammer sicher verwahrt. Ihr bekommt sie mit auf den Heimweg, wenn ihr es wollt und wenn ihr diese Nacht überlebt. Ich hoff ich war nicht zu direkt«, sprach er beinahe belanglos.

Bryan blickte nochmals auf die Uhr, dann erhob er sich, ging zum Wandschrank, öffnete ihn, zog ein kleines Tischchen hinaus, auf dem ein großer Fernseher stand und schaltete ihn ein.

Alles blickte gebannt auf den Bildschirm, als hätten sie ein Jahr Fernsehverbot der Eltern hinter sich.

»Nach dem Video, kommt mein Tipp. Dann geht die Nacht unverzüglich los. Ach, und vorher noch zu den Koffern, falls ihr denkt, ihr könnt sofort in den Garten laufen, den Koffer schnappen und durchs Tor marschieren, so muss ich euch enttäuschen. Die Koffer stehen in einer verschlossenen Kiste aus Eisen, versperrt mit einem Zeitschloss. Und ein Mal dürft ihr raten, wann das Schloss aufgeht und die Koffer freigibt.«

Lena war die einzige die antwortete, da die anderen grimmig dreinsehen mussten: »6 Uhr.«

»Richtig. Und wenn euch die Nacht jetzt zu heftig wird, gleich von Beginn weg, denn ich kann euch versprechen, dass sie das wird, muss ich euch noch mitteilen, dass es heute keinen Abbruch durch Entkommen gibt. Das heißt ...«

»Das große Eisentor mit den Stacheln ist versperrt und öffnet sich ebenso um 6 Uhr«, schlussfolgerte Philipp.

»Richtig«, ließ der Millionär noch aus. Seine Stimme änderte sich auf gefährlich in den letzten Sätzen. Die Kandidaten betrachteten ihn plötzlich immer mehr als Todfeind. Bryan startete das Video.

Das Video zeigte einen schlecht zusammengeschnipselten Film ihrer selbst, der in doppelter Geschwindigkeit abgespielt wurde. Der Zusammenschnitt war gänzlich ohne Ton.

Szenen von der Ankunft, Szenen von den Zimmern, nichts sonderbar Interessantes. Dann kam aber der erste Höhepunkt des Videos – die Dachbodenszene mit Lena und Momo.

Unmissverständlich konnte man erkennen, dass sie ihn einsperrte, als er in die eiserne Jungfrau rannte. Mit den Augen am Bildschirm schluchzte Lena: »Er wollte mich vergewaltigen. Ich wollte das nicht. Ich wollte nicht, dass es so endet. Das müsst ihr mir glauben.«

»Da! Meine Lieblingsszene! Da sprühst du ihm den Spray in die Augen, haha!«, sagte Bryan hämisch böse.

Lucy erkannte die Absicht der letzten Nacht und zischte zu Bryan: »Du bist echt nur Abschaum!«

Anschließend wurde an die blutigen Augen herangezoomt und das Bild verharrte dort ein paar Sekunden.

Die Kandidaten regten sich nicht von der Stelle. Sie beobachteten vom Augenwinkel aus, wie Lukas reagierte. Der schien versteinert zu sein. Man konnte die hochtreibenden Pulse und die rasende wutentbrannten Herzen förmlich spürten. Lena stand Lukas zum Glück gegenüber, sonst hätte man vielleicht schon reagieren müssen.

Die richtig wahre Reaktion auf die eiserne Jungfrau wurde durch die nächste Szene, in dem sich Rosi die Pulsadern aufschlitzte, unterbunden. Widerlich angeekelt drehten sich die Köpfe der Kandidaten zur Seite oder schlossen die Augen. Die nächste Szene zeigte die Strangulation von Viola mit einem Strick. Es wurde auf das Gesicht von Lucy hingezoomt.

»Was? D-das war ich nicht!«, beteuerte sofort Lucy ihre Unschuld.

Es ging so schnell, dass man den Körper dazu nicht erkennen konnte, nur das Gesicht. Und das war eindeutig. Anschließend wurde Philipp gezeigt, der das Grab im Garten aushob und dann wie er im Schloss mit einem roten Faden an der Ferse im Schloss herumlief. Dann wurde ein kleiner Eishockeymann gezeigt, der Miriam auf den Kopf schlug. Dann wurde Niklas gezeigt, der sich eben jenes Kostüm überstülpte. Es folgte eine Malereiszene von Lucy, die Momo damit nichts Gutes wünschte.

Bryan sagte ohne das er jemanden ansah, nur um Schuldgefühle und Hass-gefühle hervorzurufen: »Also ich weiß nicht wie es euch geht, aber mir ist zum ...« Die nächste Szene zeigte Miriam, die in die Kloschüssel kotzte. (Eine Kamera vom Zimmer heraus hatte sie dabei gefilmt, da ja keine Kameras im WC/Bad waren.)

Der Fernseher wurde schwarz. Bryan lachte über seinen letzten Zusammenschnitt mit der Kotze.

Philipp hätte die Strangulationsszene berichtigen und sagen können: »Er hatte eine Lucy-Maske auf!«, doch er hatte sich bereits wie ein Bulle der Rot sah auf den Erzfeind fixiert – den Gastgeber. Zu lange hatte er mitgespielt und so getan, als wäre alles in Ordnung.

Die Hölle brach los, als der Fernseher aufhörte zu spielen. Genau wie er es wollte – gegeneinander aufhetzen.

Wie wenn man im wahren Leben den »Play-Button« gefunden hätte.

Lena wollte Rache an Lucy wegen Viola. Lukas, der vor rasender Wut kochte, ging auf Lena los, wegen Momo. Das Bild mit den Augen war zu viel für ihn. Eigentlich wollte er Miriam oder Philipp wegen dem roten

Wollknäuel anreden, doch das Video mit Momo war gewichtiger für ihn und so verwarf er die Frage. Ebenfalls interessierte ihn nicht die Graffitiszene mit Lucy. Er würde sich alle später vorknöpfen – nach Lenas Beseitigung. Miriam hätte Hass auf Niklas haben müssen, war ihr aber egal. Sie hatte schweres Verständnis wegen dem unnatürlichen Drogenkonsum.

Im Nu stand jeder vor demjenigen, an dem er seine Rachegefühle loswerden musste. Lena schlug Lucy mit der flachen Hand hart ins Gesicht. Diese ging zu Boden. Lena wollte sich auf sie stürzen, als sie Lukas von hinten an den Haaren packte. Lena schrie auf. Miriam hing sich von hinten auf Lukas und nahm ihn in den Würgegriff, um die Mädchen vor der Übermacht des einzelnen erfahrenen Schlägers zu schützen. Sie wollte Verstärkung organisieren und schrie: »Hilf mir Philipp!«

Doch als sie merkte, dass dieser etwas anderes vor sich hatte, indem er langsam auf Bryan zumarschierte, schrie sie Niklas um Hilfe, der eher zögerlich eingriff, da es viel Überwindung kostete, sich gegen seinen Peiniger zu stellen. Doch angesichts der Lage, musste er rasch aus seinem Schatten wachsen, um Lukas einen Faustschlag in die Nieren zu versetzen. Dieser stöhnte auf und musste sich jetzt um Miriam und Niklas kümmern, um dann sein eigentliches Ziel in Angriff zu nehmen:

Den Henker von Momo: Lena!

Lucy stand mit roten Kopf auf, griff sich auf die Wange, die leicht blutete, weil ein Ring am Finger von Lena sie anscheinend aufgekratzt hatte.

Lukas warf Miriam unsanft ab und bemerkte Niklas, der sich ihm entgegenstellte.

Philipp ging auf Bryan langsam zu und fragte bedrohlich: »Wo ist mein Bruder?«

Bryan grinste gemein: »Ich weiß nicht von wem du sprichst.«

»Der einzige Gewinner der Spiele. Du hast ein Bild von ihm in der Eingangshalle hängen, du Arschloch!«

Bryan tat auf dämlich: »Ach so. Den Kerl meinst du. Ja. Der ist auf den Weg zu seinen nächsten Spielen. Oder vielleicht schon dort. Die Frage ist dir wohl schon auf der Zunge gelegen, als du das Bild gesehen hast, oder?«

Philipp irritiert: »Was? Zu den nächsten Spielen?«

»Ja. Er war geldgierig.«

»Das glaub ich dir nicht. Sag mir wo er ist.«

Bryan grinste: »Du solltest den anderen helfen. Die haben Probleme.«

»Jetzt nicht! WO-IST-ER?«

Lukas wütend: »Du kannst von mir aus zuerst sterben!«

Niklas packte die Angst und der Überlebensinstinkt und wollte davon laufen, als sich der Schläger voll auf ihn konzentrierte. Doch Lukas war schneller und bekam ihn am Shirt zu fassen, riss ihn um, setzte sich auf ihn und fing an, ihn mit den Fäusten zu bearbeiten.

Zwei Schläge konnte er anbringen, als er von Miriam niedergerissen wurde, die auf ihn hechtete.

Miriam schrie: »Hilf mir Lucy!«

Lucy nahm den Befehl an und stürzte sich ebenfalls auf Lukas. Alle drei rangen am Boden herum. Die zwei Mädchen versuchten es mit Würgegriffen, Kratzen und Beißen, Lukas in Schach zu halten. Doch dieser war immens stärker und schüttelte sie abermals ab. Unsanft stieß er beide weg. Niklas lag noch immer am Boden, blutete und keuchte. Lukas ging in barschen großen Schritten zu Lena, die eben erst aufgestanden war, packte sie am Hals, holte mit der Faust aus und wurde zurückgezogen. Philipp hatte eingegriffen und verpasste ihm einen Faustschlag auf die Nase. Blut spritzte weg. Lukas torkelte zurück und griff sich auf die getroffene Stelle. Er hob seinen Kopf und sah zu Philipp: »Diese Nacht überlebst du nicht, Zirkusjunge!«

Philipp aufgestachelt: »Wenn du dich gegen uns stellst, du auch nicht!«

Da begann Bryan teuflisch laut zu lachen: »I-i-i-a-a-a!«

Die Kandidaten hielten keuchend voller Adrenalin ein und sahen auf ihren verrückten Gastgeber. Die am Boden liegenden standen auf.

»Es ist 22 Uhr. Eure letzte Nacht. Hier ist mein Tipp. Mein Rätsel. Ihr dachtet wohl, das wäre es gewesen mit dem Video, haha. Nichts da. Aufpassen!«

Alle blickten gebannt auf die Uhr, anschließend zu Bryan. Man hatte das Gefühl, dass jeden Moment, die Pforten der Hölle aufgingen und diese auf die Erde losbrach, obwohl schon einiges Hässliches los war. Gott und Himmel waren weit entfernte Worte.

»Ich habe einen Killer engagiert, der mir hilft und fühle, es tut mir gut. Außerdem ist einer von euch mein eigen Fleisch und Blut. Zum Abschluss möchte ich noch sagen, wenn du willst, dass etwas wirklich erledigt ist, mach es selbst.«

Sein Blick wurde finster. Die Augen der Kandidaten wanderten von ihm, in jeden Winkel, den sie erreichen konnten ohne den Kopf zu drehen, auf ihre Mitstreiter. Ohne es den anderen vermitteln zu wollen, marschierten sie langsam aus dem Raum zurück. Die Abstände zwischen den Kandidaten wurden immer größer.

Lucy murmelte: »Scheiße.«

Miriam: »Okay. Bleibt mir alle vom Leib. Ich mach diese Nacht alleine durch.«

Lucy: »Miriam …«

»Vergiss es Lucy. Du hast jemanden getötet. Und wenn du jetzt ein angeheuerter Killer bist … Vergiss es einfach. Lass mich in Ruhe.«

In diesem Moment lief Niklas davon. Lena schluchzte und verschwand ebenfalls aus der Tür des Essraumes und schrie: »Oh Gott! Das ist alles so schrecklich! Ein richtiger Alptraum!«

Bryan grinste dämlich.

Lucy: »Okay. Hier trennen sich unsere Wege. Ich wünschte es wäre anders.«

Miriam: »Bist du die Tochter des Irren?«

Lucy irritiert: »WAS? Hast du einen Sprung in der Schüssel?«

Miriam: »Du tötest jemanden aus Geldgier und beschmierst die Wände, um Lukas aufzuhetzen!«

Lucy: »Ich hab niemanden getötet! Das war jemand anderes! Und ich habe die Wände nur beschmiert, weil es eine Zwischenwette war!«

Lukas funkelte sie im Hintergrund böse an und wartete ab, ob sie sich ineinander vergriffen.

Miriam überhäufte sie weiter mit Anschuldigungen: »Außerdem hast du die Fake-News an Rosi gebracht. Sie hat nur *uns* erzählt, dass ihre Eltern im Krankenhaus sind. Und du hast das Handy gefunden, das angeblich neben ihr lag.«

Lucy hysterisch: »Der Tod von Rosi war ihre eigene Schuld! Und ich habe nicht Viola getötet! Das war, äh, das kann nur ein Fake gewesen sein. Falsch zusammengeschnitten. Meinen Kopf hat er hineingeschnitten. Ich bin kein Mörder!«

»Fassen wir zusammen: Die Wandschrift gegen Momo warst du, um Lukas weiter aufzustacheln. Das ist halbwegs vertretbar, weil es, naja, angeblich eine Zwischenwette war. Du tötest Viola. Kaltblütig. Und den Tod von Rosi hast du über Umwege in die Wege geleitet. Mit dem Handy. Und die Radiomoderatorin, das warst du, die da gesprochen hat! Ich hab deine Stimme erkannt!«

Lucy schrie beinahe, weil ihr kein Glaube geschenkt wurde:

»Spinnst du? Wie soll ich den Radio manipulieren?«

»Im Computerraum!«

»Mach dich nicht lächerlich, Miriam. Wieso sollte ich alle töten wollen? Ich dachte ich kenne dich schon. Aber egal. Fick dich Miriam!«

»Fick du dich Lucy! Lass mich einfach zufrieden. Dein Papi und du werden jetzt wahrscheinlich auf gemeinsame Jagd gehen. Ich muss mich jetzt verstecken.«

Beide Mädchen gingen gemeinsam mit sicherem Abstand zueinander in die Eingangshalle, blickten sich durchgehend zornig an und trennten sich schließlich. Sie liefen in jeweils verschiedene Gänge.

Philipp und Lukas konnten nicht so schnell die Puzzleteile zusammenfügen, wie die Mädchen und Überlegen, wer hier was gemacht haben könnte und was der Millionär genau meinte. Also verschoben sie die Denkarbeit auf später, wer hier mit wem gemeinsame Sache betrieb und wendeten sich wieder Bryan zu.

Ultraschnell reagiert, konnte Philipp nur knapp einem Wurfmesser ausweichen, das in der Wand stecken blieb. Er zog es blitzartig, genauso schnell wie es kam hinaus, verpasste Lukas einen Schnitt am Handgelenk, der schon zu ihm hinüber fassen wollte und warf das Messer zurück zum Ursprung – zurück zu Bryan. Dieser konnte sich nicht mehr rechtzeitig wegdrehen, bekam das Messer in die Schulter und ging zu Boden, da er die Balance aufgrund seines schnellen, misslungenen Ausweichmanövers nicht halten konnte.

»WLAAARGH!«

Und er lag hinter dem Tisch, außerhalb des Sichtfeldes.

Philipp deutete Lukas mit dem Zeigefinger an: »Ich schwör dir Lukas. Egal was du für deine Zwischenwette als Killer bekommst, es ist es nicht wert.«

»Wer sagt, dass ich der Killer bin?«, grinste dabei aber provokant.

»Mal sehen. Miriam hatte als Zwischenwette den Bratensaft zu trinken. Lucy hat die Wände beschmiert. Lena musste mit Viola heiß küssen und Niklas muss Titten greifen«, zählte Philipp auf und schüttelte beim letzten Satz etwas den Kopf mit drehenden Augen. »Außerdem bist du gegen alle von uns aufgestachelt worden durch das Video. Und weil es ich nicht bin, weil ich erstens meine Zwischenwette schon hatte, äh, nackt ums Schloss laufen und ich zweitens der Gute bin, bist es du! Momo kann man ja als Toten ebenfalls ausschließen, der als Zwischenwette *Geschlechtsverkehr haben* bekommen hat.«

Lukas lächelte schief.

»Es ist es nicht wert, bitte Lukas!«

Primitiv gab er seinen Nebenjob nun zu: »100.000 Dollar zusätzlich pro Kill? Ich denke schon.«

»Wie du willst. Bekomme ich einen Vorsprung oder willst du es gleich austragen?«, drohte der Zirkusjunge, der einsah, dass man mit dem Schläger keinen vernünftigen Weg einschlagen konnte.

Der unsichere Killer antwortete: »Lauf von mir aus weg. Die Nacht dauert noch lang.«

»Wenn du glaubst ich bedanke mich für deine Großzügigkeit, dann hast du dich geschnitten.«

Lukas brodelte leicht. Philipp lächelte ihn siegessicher an und lief dann davon.

Bryan lag am Boden, hatte am Handy den Lebenslauf von Philipp geöffnet und murmelte zu sich:

»Wusste gar nicht, dass Dompteure so gut Messer werfen können. Naja, Zigeuner haben eben alle so was drauf.«

Er stand auf und zog sich das Messer mit einem Schmerzensschrei heraus. Dann blickte er zu Lukas und zog die Augenbrauen hoch.

»Die Nacht dauert lang? Hast du schon mal daran gedacht, dass sie sich verstecken könnten? Hier findet man jemanden nicht leicht, der sich mit voller Absicht versteckt. Ist schon mal vorgekommen du Pflaume. Und derjenige hat das dann sogar so gewonnen.«

Lukas protestierte: »Du hast ja Kameras.«

Bryan seufzte: »Nicht überall. Komm schon. Gehen wir.«

Sie marschierten in die Eingangshalle und blieben vor den Stiegen stehen.

»Ich mag dich nur noch daran erinnern, dass du in den meisten Gängen an den Wänden verschiedene Waffen zum Gebrauch findest, falls du eine willst, was ich dir streng raten würde. Du fängst schon an. Ich muss noch schnell in den Computerraum. Kameras checken und Musik auflegen.«

Lukas sah ihn entgeistert an: »Was? Musik?«

Bryan genervt: »Ja. Stört es dich? Geh auf die Suche. Pro Kill mehr Money! Das wird nicht leicht. Glaub mir.«

Lukas entfernte sich nachdenklich von ihm und sah ihm dabei noch länger ins Gesicht, ob er eine Lüge ablesen konnte. Doch Bryan deutete ihm nur *Husch-Husch* mit beiden Händen!

Nachdem Lukas in einen Gang neben dem Treppenaufgang eingebogen war, senkte Bryan seinen Kopf auf die Brust und lächelte amüsiert. Er hob ihn wieder, blickte wieder ernst, sah in den Augenwinkeln einen Gedanken und lief mit folgenden Worten ebenfalls aus der Halle in einen Gang hinein: »Endlich meine Lieblingsnacht!«

Gespenstische Stille im Schloss. Leere Gänge mit Ritterrüstungen, Kerzenhalterungen an den Wänden. Dicke schwere Vorhänge vor riesigen Fenstern. Der prachtvolle Garten mit dem hohen Zaun rundherum.

Klassische Musik ertönte aus den Lautsprecherboxen.

Philipp lief einen Gang entlang.

Miriam schlich vorsichtig eine Treppe hoch.

Bryan blickte hinter einen Vorhang. Nichts.

Lukas stapfte eine Wendeltreppe hinunter.

Niklas zitterte in der dunklen Zwischenwand. Er versuchte sich den Weg zum sicheren Panikraum in Erinnerung zu rufen. Leider erfolglos.

Lena blickte aus ihrem Versteck in einen Raum hinein. Keine Gefahr.

Lukas gaffte unter ein Bett. Nichts.

Lucy fand eine Waffenkammer mit altmodischen mittelalterlichen Waffen. Als sie den Raum betrat, ging am anderen Ende des Raumes eine Tür zu. Erstarrt sah sie dorthin. Dann schlich sie langsam in den Raum hinein und blickte sich auf den Tischen und an den Wänden um, auf denen die Waffen lagen oder hingen. Ein Blick fiel auf einen leeren Platz, an dem ein Bogen gehangen haben musste. Sie sah erneut zur Tür und griff sich ein leichtes handliches Kurzschwert, das sie mühelos schwingen konnte, fast ohne jeglicher Anstrengung.

Bryan blickte in einen Geheimgang. Nichts. Enttäuschtes Gesicht. Er drehte den Kopf nach rechts … Feuriges Gesicht!

Miriam lief in der großen Eingangshalle von links nach rechts. Wenige Sekunden später lief Bryan die Stiegen von oben nach unten.

Wieder wenig später lief Niklas von rechts nach links. Wenige Sekunden wieder darauf, lief Bryan von unten nach oben.

… wie im Video, das die Kandidaten sahen.

Lena kam laufend in die Eingangshalle und blieb keuchend stehen. Hinter ihr tauchte plötzlich ein ausgewachsener männlicher Löwe auf, brüllte (Lena drehte sich um) und hob die Tatze, als wollte er sie freundlich begrüßen. Die Falten zwischen den Augen und der Schnauze sprachen aber etwas anderes aus.

Schreiend lief Lena aus dem Schloss hinaus und dachte, dass es um sie geschehen war. Dann sah man, dass der Löwe flimmerte und nur ein Hologramm aus einer Mikrolinse war, das sich sofort nach Nicht-Beachtung in die Luft auflöste.

Beim Hinunterlaufen am Kiesweg zum großen Tor, drehte sich Lena um, um sich zu vergewissern, ob der Löwe hinter ihr war, verhedderte sich bei einem Dornenbusch und stürzte. Wäre er wirklich hinter ihr her gewesen, wenn er echt gewesen wäre, wäre sie im Schloss noch von ihrem Leben getrennt worden.

Weinend stützte sie sich auf und versuchte aufzukommen. Sie griff sich auf ihr blutendes Knie. Da streckte ihr jemand eine helfende Hand entgegen.

Der Gärtner in der grünen Latzhose mit grauem kurzem Shirt darunter fragte: »Darf ich dir helfen?«

Lena schluchzend: »Oh mein Gott. Das kann nur ein Traum sein. Bitte helfen Sie mir!«

Sie fragte sich nicht, warum der Gärtner mitten in der Nacht, den Rasen mähen wollte, da nicht weit hinter ihm der Elektrorasenmäher stand.

Der Gärtner lächelte: »Das frage ich ja gerade.«

Er half ihr auf. Sie wischte sich den Schmutz ab und drehte sich nochmal voller Angst um und suchte den Weg und die Umgebung ab.

»Was hast du denn Kindchen?«

»Da war ein Löwe. Der hat mich verfolgt.«

»Ja, der Gastgeber ist kreativ. Sag, du warst es doch, die am Anfang das Geheimnis so gut für sich behalten hat können, nicht?«

Lena sah ihn verdutzt an und das Gesicht kam ihr verblüffend bekannt vor. Leider konnte sie es nicht zuordnen.

»Was meinen Sie?«

Der Gärtner mit einem unheimlichen Grinsen: »Ich sage dir noch ein Geheimnis. Aber dieses Mal wirst du es nicht weiter erzählen können.«

Sein Gesicht verwandelte sich im zunehmend stärker leuchtenden Vollmond, der gerade aus einer Wolke hervorlachte, in eine schreckliche faltige Fratze. Lenas Augen kamen aus den Höhlen. Ihr Herz klopfte schnell. Ihr Puls begann zu rasen.

In bedrohlicher Stimme gab er zu: »Ich bin gar nicht der Gärtner hier.«

Lena knickte fast weg, konnte sich aber noch an der Latzhose des Gärtners halten, die sie hässlich runterzog. (die Hosenträger hielten das Gewicht). Der Stich in ihren Magen kam verblüffend schnell und hinterhältig, obwohl von vorne ausgeführt. Es war eine gemeine, richtig heimtückische Art und Weise, wie Bryan durch das Verkleiden zum Kill des Mädchens kam.

Sie umfasste den Griff des Messers, blickte ungläubig auf diesen, dann entrüstet mit verschmierter Wimperntusche in das Gesicht ihres Mörders. Tränen liefen ihre Wangen hinunter.

Der Gärtner riss sich die verrunzelte Maske hinunter (die sehr schlampig auf seinem Kopf aufgestülpt war) und offenbarte das böse Grinsen des Bryan oder auch das Leben des Bryan.

»Ich bin der Totengräber! *Euer* Totengräber! *Dein* Totengräber!«

Lenas letzter Schrei: »Aaaaaaaaaaaaaaaaaahhhhhhhh!!!«

Bryan imitierte nach: »Aaaaaaaahhhhh, blöde Bitch. Hat dir noch niemand gesagt, dass man ein Geheimnis nicht weitererzählt? Stirb!«

Er stach ein zweites Mal in die Magengegend zu. Warmes Blut spritzte weg und ihm entgegen. Jetzt ließ sie die Latzhose los und fiel zu Boden. Dann sprach Bryan hinab zur Leiche und gestikulierte dabei ein bisschen mit den Armen dazu …

»Dein Geschrei hat niemand ausgehalten! Wirklich niemand! Wegen dir sind meine Tiere schon nervös geworden. Alle. Sogar die Salamander. Fuck. Und die werden *nie* nervös. Durch Mark und Bein. Von Raum zu Raum. Selbst in meinen schalldichten Raum. Gottverdammt.«

Er blickte auf die Blutlinie, die vom Shirt auf den Boden tropfte. Bryan gestikulierte noch weiter.

»Was? Willst du mir sämtliche Kontakte auf den Hals hetzen?«

Dann blickte er auf und murmelte zu sich selbst …

»Hm. Ich glaube, das war die andere mit sämtlichen Kontakten?!?«

Da bemerkte er, wie nur ein paar Meter neben ihm Niklas über den Rasen Richtung Tor lief. Dieser dürfte in einem eigenen Tunnelblick gewesen sein, denn er nahm das gerade Geschehene nicht wahr. Was er beim versperrten Tor getan hätte? …

Bryan sah seine Chance für einen weiteren Mord gekommen, steckte das Messer wieder in die Latzhose und schrie ihm nach:

»Heee, Niklas!«

Dieser blieb stehen, sah sich um und musterte die Situation.

Bryan ganz beiläufig: »Komm her. Ich tu dir nichts. Versprochen.«

Niklas zögerte, weil er in einem Gärtnerkostüm steckte.

Der Millionär plötzlich wie der Weihnachtsmann, als stünde ein Kleinkind vor ihm, dem er gleich einen Schlecker schenkte: »Komm schon Niklas. Du hast doch noch deine Zwischenwette offen! Wenn du ihre Titten anfasst, bekommst du alles, was ich dir versprochen habe! Auch wenn du jetzt ein paar Titten ausgelassen hast. Die Weiber zieren sich da immer, habe ich nicht Recht? Haha!«, tat er auf bester Freund. Der letzte Lacher war tatsächlich wie Gelächter eines Kumpels.

Niklas unsicher: »Ich bekomme auch wirklich alles?«

Bryan voller Euphorie und tausend Hintergedanken: »Ja natürlich! Alles!«

Der plötzlich sehr unvorsichtige Niklas machte einen Schritt auf ihn zu und hatte vor lauter manipulativen Wörtern die letzten gemeinsamen Szenen im Schloss vergessen, da er mehr an das viele schnelle Geld für ihn und Mama dachte: »Die vollen 10.000 Dollar?«

Bryan, der Spender: »Und noch einmal 10.000 Dollar drauf! Einfach so! Fuck! Einfach sooo!«

»Wieso bist du als Gärtner verkleidet?«

»Na weil ich der Gärtner bin, du Tollpatsch. Ungeschickt von mir. Ich hab das nur den anderen erzählt. Da warst du am Klo«, log er.

Niklas konnte sich an eine derartige Kloszene, wo er angeblich hinmusste zwar nicht erinnern, doch die Worte klangen ehrlich, so seine fatale Einschätzung.

Er näherte sich der toten Lena und sah Blut auf ihrem bauchfreien Shirt, das eigentlich nur zu klein war, Blutspritzer im Gesicht, Blut am Gehweg, Blut auf Bryan, Blut überall …

Er rümpfte die Nase und fing an, mit den Augen zu blinzeln. Etwas eklig angerührt: »Was ist mit ihr passiert?«

Bryan erklärte verblüffend und ungläubig: »Das weiß ich auch nicht. Ich habe sie so gefunden.«

Niklas hielt sich jetzt sein Shirt über die Nase hoch.

Der Gastgeber erklärte abermals: »Sie hat noch nicht angefangen zu stinken. Sie ist wahrscheinlich erst kurz tot. Das kommt erst in ein paar Stunden.«

Niklas musste beim längeren Anblick der Leiche beinahe erbrechen.

Mit einer schmerzenden Stimme: »Ich kann das doch nicht.«

»Sie ist schon tot. Das macht nichts.«

»Ich kann das wirklich nicht. Ich glaube, sie hat gezuckt.«

»Das bildest du dir ein. Ich meine, manchmal zucken Leichen wirklich. Aber diese sicher nicht mehr.« Er kniete sich selbst nieder und griff Lena auf die Brüste. »Siehst du? Nichts dabei. Jetzt du!«, sagte er, während er zu ihm hochsah.

Niklas kniete sich ebenfalls nieder. Bryan wie ein Hochschullehrer: »Ich möchte aber, dass du ihr *unter* das Shirt auf die Titten greifst. Nicht *auf* das Shirt!«

Der ängstliche Junge blickte ihn dabei entgeistert an und schluckte schwer.

»Da ist jetzt auch nicht mehr dabei, als *auf* das Shirt zu greifen.«

»Sorry, ich ...«

»Wie lange musst du für 10.000 Dollar arbeiten?«

»Weiß ich nicht. Ich geh noch in die Schule.«

»Fast ein Jahr! Ich habe das Geld schon einstecken. Hier.«

Er zeigte ihm das Geldbündel in seiner mittleren Brusttasche der Latzhose.

»Komm schon, sie ist ja eh ganz frisch tot. Jetzt mach!«

Niklas schloss die Augen und fing an, sich unter das Shirt zu tasten.

Bryan herrschte ihn an: »Augen auf! Hinsehen, wenn du die Leiche schändest!«

Niklas sah mit tränenden, verengten Augen hin, als hätte er keine Wahl und hatte seine Hände endlich auf den Brüsten. Bryan legte von außen seine Hände auf die des Jungen und presste hinunter.

Mit böser Stimme und teuflischem Grinsen: »Siehst du. War ja gar nicht so schwer du kleiner Perversling.«

Mit aller Kraft zog der Junge seine Hände zurück, als der Millionär nachließ. Beide waren wieder auf den Füßen. Niklas wischte sich seine Knie ab. Bryan gab ihm die Packung Scheine in die Hand. In Anbetracht des Geldes bedankte sich der Junge: »Vielen Dank.«

Da merkte er, wie etwas Spitzes in seinen Hals ging. Ein warmer Strom durchflutete seinen Körper von der Einstichstelle weg. Der Übeltäter zog das Wurfmesser hinaus. Niklas wankte und fiel rückwärts auf den Boden. Bryan hatte mit seinem bereits befleckten Messer einen schnellen Stich in den Hals gemacht, wischte die Klinge auf dem Shirt von Lena ab, klappte es zusammen, steckte es wieder weg und starrte auf den Endkampf von Niklas, der nicht lange dauerte.

Er hielt sich die Wunde und musste dabei das Geldbündel fallen lassen. Schließlich schloss er die Augen, hörte zu atmen auf und war tot.

Um die beiden Leichen herum streute Bryan die Geldscheine hin, fotografierte seine Leistung und ging lächelnd kopfschüttelnd zum Schloss hinauf. Er murmelte zu sich selbst: »Traut sich einfach nicht die Titten angreifen … In welchem Film gibt es sowas?«

Er betrachtete zufrieden das eben geschossene Foto auf seinem Handy und steckte es weg. Seine Blicke schweiften rasend schnell herum – Keine Gefahr zu sehen, also konnte er sich rasch wieder umziehen. Sein Anzug lag gut behütet neben dem Eingang. Schnell sprang er aus der Latzhose und in seinen Anzug zurück, packte das Säckchen mit dem Gärtneroutfit ein, nahm wieder volle Fahrt mit seiner Geschwindigkeit auf, rannte um die Ecke in die Eingangshalle rein und musste aber wie angewurzelt stehen bleiben, als er den Tiger vor sich sah …

Zuerst war Bryan erschrocken und überrascht, als er aber Philipp mit der Peitsche in der Hand plötzlich kommen sah, der sich neben den Tiger lächelnd hinstellte, fiel seine Steifheit und seine Angespanntheit von ihm und er wurde wieder locker und konnte ebenfalls grinsen.

»Also für einen kurzen Moment dachte ich, dass der echt ist. Verblüffend dass du in so kurzer Zeit das Hologramm des Löwen in einen Tiger ändern konntest. Hut ab. Und so täuschend echt! Wie hast du ihm die Bewegungen so geschmeidig einstellen können? Und die Schnurrhaare? Wow! Wo hast du das Programmieren gelernt? Fragen wir mal so.«

Philipp war es jetzt aber, der lauthals auflachte: »Hahaha!«

Dann wurde er ernst im Gesicht und blickte zum Tiger, der den Millionär nicht aus den Augen ließ. Bryans sechster Sinn sagte ihm, dass hier etwas nicht stimmte.

»Alice!«, sprach der Dompteur und der Tiger sah seinen Mentor aufmerksam an.

Bryan bekam ein verzerrtes Gesicht, als er das eingerissene Ohr und Erkennungszeichen des Tigers sah. *Fuck!* Er blickte zu einem Geheimversteck, das eine Waffe beinhaltete. *Das geht sich nicht mehr aus. Hartplastikkäfig! Am besten über die Räume Richtung rechts.* Bryan rannte nach seinem Gedankenplan sofort los.

»Fass!«

Der Tiger startete fauchend weg und lief Bryan hinterher, der schon um die Ecke gebogen war, weil er sich überall als Sprinthilfe wegtrat, um mehr Schwung zu bekommen. »Zu blöd, dass du dir meinen Tiger ausgeborgt hast!«, rief ihm Philipp nach.

Bryan konnte dem Tiger knapp entkommen, da er für die Raubkatzennacht etwaige Fluchtpläne für sich selbst erstellt hatte, falls er mal nicht so geschwind bei einer Waffe war.

Im Zimmer mit dem Hartplastikkäfig angekommen (es war der unbenutzte zweite Hartplastikkäfig, der an das andere Zimmer angrenzte), sperrte er sich ein und fühlte sich in Sicherheit. Das Plastik dieses Käfigs ging nicht ganz so hoch. Er konnte einigermaßen locker darüber sehen. Der Tiger brüllte, fauchte und kratzte an der Konstruktion herum. Er umrundete sie, musste aber nach einiger Zeit feststellen, dass er hier eine Niederlage hinnehmen musste und zog von dannen.

»Leg dich nicht mit der Geschwindigkeit von Bryan an, Alice! Geh zurück ins Wunderland!«

Ein neuer Plan entstand in seinem Kopf. Er wartete noch eine Minute ab, sodass er ganz sicher gehen konnte, dass Alice auch weg war, drehte den präparierten Schlüssel um und dieser brach ab.

Bryan verdrehte die Augen: »Na toll. Meine eigene Falle. Na dann wart ich eben bis wer kommt.«

Philipp, der in der Zwischenzeit der Verfolgungsjagd zwischen dem Menschen und dem Tier den Computerraum aufgesucht hatte, verließ jetzt diesen, nachdem er sich gemütlich und genüsslich die Bilder des Versagens des Gastgebers reingezogen hatte. Das Herausfinden des Passwortes *Miriam* war einfach für ihn gewesen. Er hatte sich am Schreibtisch umgesehen, fand eine eingerahmte kindliche Zeichnung, öffnete hinten den Verschluss des Rahmens und fand die Worte *Von Miriam für Daddy* auf dem Blatt Papier hinten stehen.

Er überlegte sich, was er mit Bryan machen würde, falls der nicht preisgab, wo sein Bruder war, wurde aber drei Schritte nach Verlassen des Raumes von der Faust des Lukas´ empfangen.

Philipp rappelte sich sofort auf und schnalzte mit der Peitsche auf den Boden. Lukas nahm sich von einem Sockelritter eine Lanze und ein Schild. Sein Kontrahent legte die Peitsche beiseite und tat selbiges. Es entstand ein spektakulärer Fight.

Am Ende triumphierte Lukas, als Philipp nach einem heftigen Schlag mit dem Schild auf dem Boden liegen blieb. Beide bluteten an den Armen von den Schnitten der Lanzen, denen sie nicht vollends ausgewichen waren. Auch aus den Mundwinkeln trat leicht roter Saft aus, da sie die Schilder manchmal bis zum Kopf zurückgestoßen bekamen. Lukas wurde böse am Oberschenkel erwischt, was ihn aber nicht den Sieg kostete.

»Weißt du was noch mehr Geld bringt, als dein Tod?«

Philipp, der am Rücken lag mit den Ellbogen am Boden aufgestützt und auf einen Gnadenstoß wartete: »Keine Ahnung. Bring es einfach zu Ende, wenn du den Mut hast.«

»Ich bin kein Mörder. Ich habe nur so getan, als würde ich so etwas leicht zusammenbringen. Ich schnappe mir einfach eure Koffer und steige mit noch mehr Geld aus! Haha. Zu diesem Millionär-Arschloch gehe ich bestimmt nicht mehr. Dem kann man ja nicht trauen.«

Lukas behielt die Uhr im Auge und blickte kurz auf das Handy. Es war halb 6 Uhr morgens und die Zeitschlösser würden gleich aufgehen.

»Einer von den Mädchen ist seine Tochter«, sagte Philipp.

Lukas verhöhnend: »Mit denen werde ich schon locker fertig. Brauchst dir keine Sorgen um mich machen, Zirkushirn.«

Philipp überlegte und wollte Verunsicherung stiften: »Es könnte aber auch Niklas sein. Aber eher unwahrscheinlich. Trotzdem würde ich ihn in Betracht ziehen.« Im selben Moment tat ihm die ausgesprochene Eventualität leid, da er nicht wollte, dass er Verdacht auf Niklas hegt, da dieser sowieso keine Gefahr für ihn war.

»Ist mir egal. Ich bin sowieso gleich weg. Wenn du mir folgst, bist du tot!«

Mit diesen Worten verschwand er laufend und hinkend zugleich hinter der nächsten Ecke.

Bryan hörte ein Geräusch ober ihm. Es war ein Poltern und Rasseln. Er wusste was jetzt von oben kam …

»Hey! Aufhören! Dieser Anzug ist unbezahlbar! Verdammt!« *Wieso hab ich mich überhaupt umgezogen. Ach ja. Wegen meinem Gärtnertrick. Naja. War lustig. Zugegeben.*

Die ersten Betonspritzer gelangten auf seinen Anzug und seine Schuhe konnte er ebenso schon vergessen. Philipp kam genüsslich in den Raum geschlendert. Sein Gesicht und seine Kleidung waren ein wenig angeschlagen und nicht mehr sehr frisch, doch das störte ihn nicht. Er bekam, was er wollte …

»Ich habe den Betonmischer auf das Maximum gestellt. Du weißt doch was das heißt?«

Bryan lächelte: »Natürlich. Der Käfig wird bis zur Gänze aufgefüllt. Wird mich nur nicht ersticken, weil ich meinen Kopf so hoch heben kann und der Flüssigbeton vorher runterläuft.«

Da hatte er Recht, dachte sich Philipp. »Mag sein, aber er wird dich erdrücken. Oder du erstickst trotzdem, wenn du deinen Brustkorb zum Atmen nicht mehr heben kannst. Du wirst es herausfinden, oder …«

»Oder ich sage dir, wo dein Bruder ist?«

»Richtig. Spuck schon aus. Du kommst hier nicht mehr raus. Die Mädchen spielen glaube ich im Garten und Lukas ist auch gerade hinausgerannt.«

»Der Tiger auch?«

»Machst dir um deine Tochter Sorgen?«

Bryan nachdenklich: »Nein. Eigentlich nur, was ich als Letztes sagen soll. Ich will mit einem coolen Spruch mein Leben beenden.«

Philipp ungläubig: »Das sind deine größten Sorgen?«

Bryan nickte auffällig. Philipp bemerkte, dass er auf die Kameras im Raum unauffällig starrte. Der Dompteur wurde wütend und zerstörte die beiden elektrischen Augen mit einem Stuhlbein.

»Geht's jetzt wieder?«

»Woher die Aggression?«

»Wer beobachtet uns sonst noch?«

Bryan trotzig wie ein Kleinkind: »Niemand.«

Philipp lachte wegen der raschen Gemütsänderung: »Du bist ein Psychopath.«

Bryan lächelte zurück: »Danke.«

Er rieb sich die wehe blutende Schulter vom Messerwurf.

»Meine Ex ist professionelle Messerwerferin, die hätte dir zwischen die Augen getroffen. Schade.« Der Beton stand ihm schon bis zu den Knien.

Lukas lief hinkend den Weg zum großen Stahltor hinunter und sah sich links und rechts um. Niemand da. Er blieb keuchend hinter einem Baum stehen und sah sich wieder um. Kein Lüftchen Wind. Es war verdächtig ruhig.

Dann der Blick zur Eisenkiste, die die Koffer beinhaltete. Beim Gedanken ans Geld und den endlosen Reichtum, der ihn erwarten würde, lief ihm das Wasser im Munde zusammen, er vergaß zu schlucken, sabberte, malte sich schon die wildesten Fantasien aus und seine tiefsten niedrigsten Motive ließen ihn unvorsichtig werden. Fünf Minuten noch, trotzdem rannte er los und beschloss vor der Kiste den Rest der Zeit zu warten, bis das Zeitschloss sein neues Leben freigab.

Der Sekundenzeiger am Handy wurde langsamer und langsamer kam ihm vor, doch irgendwann war es trotzdem Punkt 6 Uhr und Lukas stellte fest, dass der Millionär nicht gelogen hatte, als das Schloss aufsprang. Er riss den Deckel der Kiste hinunter und befand fünf Koffer darin. Zu Beginn der Nacht lebten noch sechs Kandidaten. Er dachte nicht sonderlich darüber nach, blickte hektisch zum großen schweren Eisentor, das ebenfalls wie von Geisterhand einen Spalt aufgesprungen war.

Er griff sich gierig mit beiden Händen alle fünf Koffer, wollte gerade lossprinten, wie es das verletzte Bein zuließ, als er einen schlimmen Schmerz am Hals verspürte. Die Luft blieb ihm weg. Er ließ die Koffer röchelnd nach Luft schnappend fallen und krachte unsanft zu Boden. Seine Augen nahmen ein paar Sekunden später noch die Schuhe wahr, die auf ihn zukamen, dann stieg seine Seele aus seinem Körper.

Das war also sein Leben auf der Erde.

Der Pfeil, den Miriam mit ihren Bogen in den Hals von Lukas abgeschossen hat, saß perfekt. Er war vom Abschuss bis zum Eintreffen des Ziels schneller, als der eintretende Tod.

Miriam beugte sich zu ihm hinunter und kontrollierte seinen Tod. Hinter ihr hört sie weiche Schritte und einen schweren Luftzug. Gerade noch rechtzeitig sprang sie zur Seite, als das Kurzschwert von Lucy ins Leere niedersauste.

Mit bissigen Gesicht konfrontierte sie ihre Gegnerin mit *ihrem* Kurzschwert, dass sie sicherheitshalber ebenfalls, am Gürtelbund eingehängt, mitgenommen hatte.

Lucys Gesicht sprach Bände und sie war zu allem bereit.

Zynisch fauchte sie wilder als die Raubkatzen zusammen: »Bist du auch im Schwertkampf geübt? Hat dir das dein Daddy beigebracht?«

Miriam fauchte zynisch zurück: »Du wirst es gleich rausfinden!«

Dies war kein rosa Ponyland. Dies war ein blutiges Schlachtfeld.

Beide erhoben ihre Schwerter und umkreisten sich eine paar Meter von Lukas' Leiche, den Koffern und dem Ausgang, der alles beenden könnte, entfernt.

Der Beton ging Bryan bis zum Bauchnabel. Die graue Flüssigkeit trat unterhalb des Plastiks ein wenig hervor.

»Wo ist mein Bruder?«

»Immer dieselbe langweilige Frage.«

»Okay. Was hast du für einen Vertrag mit meinem Chef? Seid ihr Freunde? Erpresst du ihn? Beantworte doch einfach die.«

Bryan ging aber auf die Bruder-Frage nachdenklich ein: »Der hat sich verdammt gut versteckt. Ich habe ihn einfach nicht gefunden. Er hat es tatsächlich geschafft allen Kameras aus dem Weg zu gehen. Ich habe ihm richtige Mausemenschenfallen gestellt. Ich – konnte – ihn – einfach – nicht – finden.«

Ein paar Sekunden später, teilte Bryan sein Geheimnis. Philipp starrte ihn böse an. Bryan lachte:

»I-i-i-i-a-a-a-a, okay, er ist auf dem Weg zu den sieben Inseln. Ich sagte doch bereits, zu seinen nächsten Spielen. Er hat eine Million Dollar zwar gewonnen, doch wenn das Publikum mehr wünscht, dann müssen sie es bekommen.«

Philipp wütend: »Welches Publikum?«

Bryan deutete auf die zerstörten Kameras: »Na meine Abnehmer der Videos.«

»Ihr seid alle so krank!«

»Unterhaltung mein Freund! Haha! Die Party deines Bruders war durch seine lange Versteckzeit eine Extra-Long-Version! Haha!«

»Wo sind die sieben Inseln oder du kommst hier nicht mehr lebend raus. Dafür werde ich sorgen.«

Bryan etwas unruhig: »Ich muss mir nicht nur einen Abschlussspruch überlegen, sondern auch eine Pose fällt mir gerade ein, wenn jemand meinen Betonblock aufhämmert und meine Leiche sieht.«

Er übte ein paar Posen durch, was aber durch den gefallenen Zement schon etwas schwierig war.

Philipp schrie ihn an: »WO SIND DIE INSELN?«

Bryan ganz perplex: »Hey, hey! Jetzt beruhig dich mal. Ich gehe hier gerade drauf. Du findest alle Infos zur nächsten Party auf der Innenseite jeden Geldkoffers.«

Abwertend sah der Dompteur den Millionär noch einmal an. Dann zum Betonrohr hinauf, das unaufhörlich weiterlief.

»Ich hoffe das stimmt und ich hoffe wir sehen uns nie wieder!«

Bryan mit bösem Jokerface: »Vertrau mir. Es ist wahr. Und ich hoffe, wir sehen uns wieder. I-i-i-a-a-a!!!«

Der Beton reichte ihm schon bis zur Brust, als Philipp den Raum verließ. Er ersparte sich weitere Fragen über den Zirkusdirektor, da er nicht glaubte eine ehrliche Antwort zu bekommen und wollte diese seinem Chef selbst stellen.

Wie zwei wilde Bestien kämpften Miriam und Lucy mit den Schwertern. Es schepperte deftig bei jedem Schlag. Funken flogen. Beim Hinschlagen wurde die Luft aus den Lungen mit einem Schrei gepresst.

Sie ließen kurz voneinander ab. Beide hatten Verletzungen an den Armen und schwitzten. Die Haare waren verwildert.

Lucy zischte: »Nur du kannst die Tochter des Millionärs sein!«

Miriam: »Ach ja?«

»Lena, Niklas und Lukas sind tot. Philipp sucht nach dem Verschwinden seines Bruders, der da anscheinend auch teilgenommen hat. Den kann man ausschließen. Ich kann von mir selbst behaupten, dass ich nicht die Tochter bin. Bleibst nur du über.«

Miriam grinste auf den Boden. Jetzt bemerkte Lucy ein paar leichte Übereinstimmungen in der Gestik mit Bryan.

Lucy schulterzuckend: »Wieso bist du meine Freundin geworden?«

»Ich brauchte Leute für die Party.«

»Da war echt nichts zwischen uns? Auch wenn es nur ein Monat war, denn wir uns jetzt kennen? War das alles gespielt?«

Miriam etwas reuig: »Tut mir leid Lucy. Das ist mein Job. Aber ich gebe zu, dass mir manche Sachen doch Spaß mit dir gemacht haben. Ich hab mich wieder normal gefühlt.«

Stille. Die beiden sahen auf den Boden hinunter.

Miriam kam eine Träne aus. Auch Lucy hatte glasige Augen.

»Vielleicht tröstet dich das Geld? Nimm es.« Sie deutete auf die Koffer. »Keine Spiele. Versprochen.«

»Engagierst du die Leute für die Party? Du hast doch nicht alle eingeladen, oder etwa doch?«, fragte Lucy mit verschmierte Wimperntusche im Gesicht.

»Nein. Nicht alle. Wir teilen uns die Aufgaben mit der Suche, den Videos schneiden und so weiter. Genug erzählt. Nimm das Geld Lucy und verschwinde. Ich gratuliere dir«, antwortete Miriam mit ebenso einem schmutzigen Gesicht.

Lucy bitterböse: »Du ... Für dich gibt es keinen Ausdruck ... Falsch! Einfach falsch!«

Philipp joggte die Wiese zu den beiden Mädchen hinunter und deutete als sie ihn sahen und er näher kam, abwendend weg. Er nahm einen Koffer, öffnete ihn, warf das Geld hinaus, als wäre es Abfall und fand die Infos, die er suchte.

»Woher kommst du? Bist du verletzt?«

Philipp ließ die Fragen von Miriam unbeantwortet.

»Miriam ist die Tochter von dem Irren.«

Er reagierte auch nicht auf Lucy. Erst nach ein paar Sekunden des Gedankenordnens, wendete er sich zu Miriam:

»Dein Vater wird gerade von Betonmassen begraben. Seine letzte Sorge war nicht seine Tochter, sondern ein Spruch oder eine Pose.«

Miriam lächelte: »Das sieht ihm ähnlich. Vielleicht sagt er ja einen letzten Spruch über seine Tochter. Wir sehen uns wieder«, sagte sie eilig zum Schluss und lief zum Schloss hinauf, um ihren Vater zu retten.

Philipp, der den Abschiedsspruch von Bryan vorher verneinte, änderte jetzt seine Antwort auf: »Bestimmt.« Miriam konnte ihn nicht mehr hören. Er war sich irgendwie plötzlich sicher über das baldige Widersehen.

Lucy und Philipp starrten sich gegenseitig an:

»Alles in Ordnung bei dir? Ich meine, kannst du gehen oder laufen?«

Lucy lächelte: »Danke ja. Bei dir auch?«

»Klar. Verschwinden wir von hier. Was ist mit Lukas?«

Lucy deutete auf die etwas entfernt liegende Leiche.

»Der ist erledigt. Lena und Niklas ebenso.«

»Hab ich gesehen. Okay. Ich nehme mir zwei Koffer und dir gehören drei Koffer. Einverstanden? Hilfst du mir einräumen?«

»Du schenkst mir einfach so eine Million Dollar?«

»Haha, wenn du das *so* sagst, klingt das wirklich etwas fahrlässig, aber ja. Ich will das Geld nur für den Zirkus.«

»Ähm. Okay. Danke.«

Beide räumten schleunigst den ausgeleerten Koffer wieder ein, um rasch vom Gelände zu kommen, ohne einer neuen Überraschung über den Weg zu laufen.

»Tolle Entschädigung. Was tust du als nächstes? Hast du herausgefunden wo dein Bruder ist?«

Philipp blickte sie lange an, dann zurück zum Schloss, dann sagte er in legendärem Tonfall (seltsamerweise kam der erste Satz auf Englisch aus seinem Mund): »I join the next party! Ab zu die Inseln. Ich muss meinem Bruder dort helfen, was auch immer dort lauert. Aber vorher noch einen kleinen Abstecher zum Zirkus. Ich hab da eine Kleinigkeit noch zu klären mit dem Direktor.«

Miriam ging in das Zimmer, in dem ihr Papa gerade zu einem Betonklotz zementiert wurde. Die graue Flüssigkeit, die vom Käfig überlief, hatte sich bereits wie ein Virus auf dem Boden verbreitet. Bryans hoch erhobener Kopf blickte aus dem grauen Grab noch heraus. Seine Arme und Hände zeigten unter der Masse eine *Ich-weiß-und-ich-kann-alles-Pose*. Sollte man ihn später mal aus dem Beton hinausklopfen, hätten die Hinterbliebenen eine lustige Überraschung, dachte er sich und sie konnten ihn vielleicht ausstopfen und als Trophäe aufstellen – im Schloss. So seine wirren Gedanken.

Miriam verdrehte die Augen als sie den Kopf ihres Vaters hinter dem Hartplastik entdeckte und starrte ihn schief an.

»Steht dir der Beton bis zum Hals?«

»Oh hey Miriam. Bitte für die Nachwelt notieren: Mein letzter Satz dieser Erde: *Der Tod ist erst der Anfang!*«

Er sprach den letzten Satz melodisch aus.

Miriam schüttelte den Kopf: »Das kommt schon bei der Mumie vor. Den gibt es schon.«

Bryan verwirrt: »Was? Welche Mumie?«

»Ein Film mit Brandon Fraser. Egal. Ich hol dich hier raus, dass du darüber nochmal nachdenken kannst.«

Sie ließ Bryan mit einem Fragezeichen-Gesicht zurück.

Eine Stunde später …

Beide saßen mit einem Getränk in der Hand im Nebenzimmer des Käfigzimmers. Sie wechselten die Räumlichkeit, da der Boden voller Betondreck war. Bis oben hin war Bryan mit Beton verschmiert. Miriam nicht so schlimm. Bryan schlürfte von seiner Bierflasche.

Miriam rieb sich den Hinterkopf und jammerte: »Der Schlag von Niklas tut noch immer weh.« Dann rieb sie sich über einen blutigen Schnitt am Vorderarm vom Schwertkampf mit Lucy.

Bryan sorglos: »Raunz nicht herum. Ich hab dich gerächt. Er ist jetzt tot. Das tut noch mehr weh. Wie war deine zweite Party allgemein?«

»Es geht. In der vierten Nacht hab ich jetzt schon zweimal den Aufsässigen spielen müssen. Sonst entscheiden sich alle für das Geld sagst du? Da musst du dir was anderes einfallen lassen. Ich will nicht immer flüchten müssen«, beschwerte sich die Halbwüchsige.

Bryan hatte nur die ersten beiden Wörter aufgenommen: »Es geht?«

»Ja, es war wieder aufregend.«

»Aufregend? Sonst nichts? Das war vorerst die letzte Party hier im Schloss. Da werden wir so schnell nicht wieder sein.«

»Deine Rätsel, Sprüche und Gedichte werden immer peinlicher.«

»Oder du immer älter. Früher haben sie dir immer gefallen, als du mich vom Computerraum aus als kleines Mädchen beobachtet hast. Außerdem hat die Sprüche noch niemand außer dir zweimal gehört.«

Miriam rechthaberisch: »Ich würde es als Partymacher etwas anders machen.«

»Das heißt, du möchtest nicht in meine Fußstapfen treten?«

Miriam lächelte: »Nein danke.«

»Das würdest du sowieso nicht schaffen. Ich glaube, ich habe diese Woche, vor allem in den letzten beiden Nächten allein über 5.000 Kalorien verbrannt. Schnelligkeit kann man sich nicht kaufen. I-i-i-a-a-a!«

»Dein Lacher ist auch peinlich.«

Bryan geschockt: »Wirklich?«

»Ach ja. Das mit dem Bratensaft zahl ich dir aber heim.«

Bryan scherzte: »Da musst du wieder viel trainieren, um den von den Hüften zu bekommen? Was?«

»Und dann besitzt diese Lena-Schlampe auch noch die Frechheit und sagt mir, dass ich zu viel auf den Rippen hab. So eine dumme Kuh. Da müsste man ja schon Lucy als *fett* bezeichnen, wenn ich in deren Augen beleibt bin.«
»War das die mit den sämtlichen Kontakten?«
»Ne, die andere. Glaub ich. Egal.«
Sie seufzte anschließend.

Eine Eule flog vom Ast los, fuhr im Sturzflug zum Boden nieder und krallte sich eine Maus. Zwei Krähen, die schon früh munter waren, blickten eifersüchtig auf das geflügelte Wesen der Nacht, das seine Beute runterschlang. Die Gesichter der außenliegenden Leichen schimmerten im letzten Vollmondlicht. Der Morgen kam, versprach aber nur kurze Fröhlichkeit, da sich vom Norden ein Unwetter durch Donnergrollen, schwarze Wolken und weit entfernte Blitze ankündigte. Regen war der stetige Begleiter dieses Phänomens.
Drin im Schloss wurde die Nacht ebenso beendet …
»I-i-i-i-a-a-a-a!«
»Ich geh ins Bett. Du machst mich müder als die Party.«
»Jetzt habe ich einen guten Spruch gefunden: Stay awesome!«
»Den Spruch gibt es auch schon. Sagt jeder in meinem Alter. In deinem aber nicht. Da ist das peinlich.«
»Junge Dame, ich muss dich warnen.«
»Jaja. Was haben wir eigentlich verdient?«
»Das ist die Frage, die ich hören wollte! Viel!«

Bryan zog von seiner *Golden Smart* an. Er atmete die blaue Luft aus und schnippte die Zigarette weg. Er setzte ein weltbewegendes Grinsen auf und hielt der alten Frau einen Flyer hin. Fröhlich posaunte er heraus: »Darf ich Sie zu einer Party einladen? Hier auf der Karte finden Sie alle Infos dazu.«

Die alte Frau krächzend, zitternd und schwach und doch bestimmt: »Ich bin schon zu alt für die Party. Das ist für junge Leute was.«

»I-i-i-a-a-a! Niemand ist für meine Partys zu alt. Kommen Sie! Sie werden sehen!«

Sein lächelndes Gesicht bewegte die alte Frau schlussendlich doch zum Hingreifen. »Na gut. Ich hoffe ich stör die anderen nicht, wenn ich komm.«

Bryan war schon bei den nächsten Passanten am Gehweg aufdringlich: »Party? Helikopterrundflug inklusive? Geile Weiber, geile Drinks?«

Die Studenten griffen zu.

»Party on the beach? Sexy Boys! Inklusive mir!«

Die Mädchen kicherten und nahmen ebenfalls die Karte entgegen.

Voll motiviert zog er weiter die Straße entlang und lud zahlreiche Leute ein. Seine Sprüche wurden immer abstrakter und seine hohe Motivation verebbte nie …

»Eine Party findet statt! Wollen Sie auch kommen?«

»Wo?«

»Na auf den sieben Inseln! Noch nie gehört? Sie müssen kommen! Das dürfen sie sich nicht entgehen lassen! Fuck! Da geht die Party ab!«

Er schrie nachdem er die Karte ausgehändigt hatte in die Luft, um gleich mehr Leute anzusprechen:

»WO SIND DIE PARTY-PEOPLE???«

Ein Auto fuhr vorbei und hatte gerade den Song *regular everyday normal motherfucker* laufen.

»Hallo Toni. Ich bin zurück.«

Der Direktor des Zirkus drehte sich um und erblickte seinen Großkatzendompteur und ein junges Mädchen mit schwarzen Haaren, die neben ihm stand. Ihre Gesichter sprachen Bände.

»Phi-ilipp. Bin ich froh dich zu sehen«, kam es stotternd vom Grauhaar.

»Darf ich zu Alice oder muss ich da ins Schloss zurück, von wo ich herkomme!?«

»Das kann ich dir alles erklären!«

»Na da bin ich mal gespannt.«

Worte des Autors

Ein großes und herzliches **DANKE** an euch,
die dieses Buch gekauft und gelesen haben!

Charly Cesar